おきな草《ぐさ》の詩《うた》

小児科医として

野原すみれ

梅田出版

もくじ

カバー・扉デザイン＝黒沢　雅善

一　発病そして手術

直子が左の胸にしこりのあるのに気づき、O病院の同僚の外科医、田中に検査を依頼したのは、半年も前のことだった。腫瘍《しゅよう》の一部を取り、組織検査をした。結果は乳腺症で、心配は要らないということだった。それでも気になって、時々手で触れて大きさを調べたりしていた。同じく医師である夫の信夫は、腫瘍を全部取ってもらうよう勧めた。一週間前には、しこりの部分を全部摘出する小手術をした。

昼休みに術後の傷の抜糸をしたとき、田中が言った。

「結果は分かっていますよ。後でお話しましょうね」

介助していた看護師が、

「まあ、思わせぶりな言い方をされますね」

と、直子と顔を見合わせた。

夕方、直子は仕事を終えてから、昼休みの田中の言葉を気にしながら、検査室へ足

を運んだ。ドアを押すと、信夫が顕微鏡を覗《のぞ》いていた。側に立っていた田中が、直子に気づき、

「やあ、先生。今、御主人に見てもらっているのですよ」

と言った。信夫は直子を見て、

「やあ」

と言った。

「あら」

と、まだ状況をつかめないでいる直子に向かって、やや顔を蒼《あお》ざめさせた田中は、決心したように話し出した。

「実は、少し疑わしいところがあるのです。そして、疑わしい場合は、取った方がよいのです」

「はい」

病理学を専攻している信夫は、大学から呼び寄せられ、組織標本を確認していたのだ。

「取った方がよい」

と、小声でつぶやいた。

「ここでするのがいやなら、K大学へ依頼します。取るなら早い方がいいのです。ここなら来週の月曜日になります。どちらでするか決めて下さい」

「先生の負担にさえならなければ、どうぞここでお願いします」

「私にやらせていただけるなら光栄です」

「勝手ですが、麻酔だけは友人の佐藤先生にお願いしたいのですが……」

「佐藤先生なら安心です。ぜひお願いして下さい。では、明日は術前検査がありますから、朝食を抜いていらして下さい」

「わかりました」

「それから、転移があってもなくても、術後、コバルトは当てた方がいいと思います」

「ああ、そうですか」

「前のときに全部取っていたらと悔やまれます。本当に申し訳ありません」

田中が深々と頭を下げた。

直子は小児科病棟に戻り、婦長を呼んで事情を説明した。婦長の顔がみるみる曇り、涙が頬を伝った。直子は初めて涙ぐみそうになった。

「部長先生によろしく。誰にもあいさつしないで帰るからね」

「わかりました。先生、元気出して下さいね」

せめて受け持ちの患者の顔を黙って見て回ろうかと思っていた気持もくじけて、帰路についた。


その夜、信夫は田中と電話で手術についての連絡をとった。卵巣も一緒に取った方がよいとか、場合によっては副腎も取る場合があるなどと話された。

当初、乳がんとか乳房摘出術といったことは冷静に受け止めていた直子も、コバルト照射や卵巣摘出、副腎摘出の話が入ってくるに従い、じわじわと恐ろしさが込み上げてきた。

身近には、祖母の姉が乳がんの手術をしたのを、子どもの頃聞いていた。彼女はその後十年以上生き、別の病気で亡くなっていた。取ってしまえばいいのだと当初は考えることができた。しかし、その後の騒ぎは、まるで病状が手遅れで転移があるものとして対応されているとしか思えなかった。

確かに、当初試験切除で検査したときから半年も放置していたのだ。本当に悪性のものであるなら、半年もそのままおとなしくしているわけはない。

半年の間には、何回も自分で腫瘍に触れ、大きさや可動性を確かめたりしたことも気になった。改めて、死というものが避けられないものとして待ち受けているように思えてきた。まだ三十五歳の若さだ。進行は速いに違いない。


死。

とんでもない。

死ぬ準備なんてできているものか。


頭が混乱した。

もともと健康であった。子どもの頃から病気をしたことがなかった。小学校を卒業するときは皆勤賞をもらった。当然のことながら、六十年くらいは生きるものと考えていた。

医者になってすぐ結婚し、子どもが出来、育児や家事に追われ、仕事は続けるのがやっとだった。子どもが少しずつ手がかからなくなり、これから自分の仕事ができると思っていた矢先であった。

でも、仕事のことまで欲は出すまい。今ここで死んだら、夫や子どもたちはどうなるのだろう。自分が一家の中心であり、自分がいなければ一日も家が回っていかないように思えた。

信夫は研究者の道を歩んでいたが、直子が働けなくなったら、大学を辞めて生活のための仕事に変えるかもしれなかった。直子はそれを望まなかった。第一子の明美は小学校の三年生、第二子の悠《はるか》は一年生だった。二人ともまだ「ママ、ママ」を連発し、全面的に母親に依存していた。

直子は実家の母に電話をして、乳がんの手術をするから、二、三日付き添ってほしいと頼んだ。

「心配は要らないから」

と付け加えた。

「わかった。必ず行くから」

母も多くは聞かなかった。

翌日の土曜日（六月一日）、直子は術前検査のため、朝食を摂《と》らずに病院へ向かった。血液検査、検尿、胸部X線、心電図、肺活量、腎機能検査（ＰＳＰ）などだった。身体に力が入らず、肺活量は少ないようだった。腎機能検査では十五分ごとに採尿したが、尿量が少なくて苦笑した。

検査を済ませ、手術前夜の睡眠薬を処方されて帰宅した。間もなく、実家の父母がそろって訪れた。孫たちにケーキや洋服、人形などお土産をどっさり持参した。

「大丈夫や」

「心配ない」

を互いに言いあっているところへ、子どもたちが学校から帰宅した。

「わー。お祖父《じい》ちゃんとお祖母《ばあ》ちゃんや」

「お帰り。お土産あるよ」

ひと騒ぎした後、明美は祖父と散歩に出かけ、悠は祖母を手伝って台所で洗い物をしていた。直子は、何もかもを整理しなくてはと思い、気が焦った。

夕方、信夫が早めに帰宅した。「あさっては来ますから」と約束して、父母は帰って行った。

夕食時、いつもと変わらず明るくにぎやかに弾む子どもたちの声に、直子は涙が込み上げてきて、笑いを作るのに苦労していた。

日曜日（六月二日）は、入院までに残された貴重な一日だった。

何をどう整理しておけばよいのか、直子は気持ちが焦った。

何カ月間家を空けることになるのだろう。まさか、帰って来られないとは思わないが、三カ月はかかるだろう。その間に半袖、夏服、水着なども必要になるだろう。

衣類の入れ替えを急いだ。長袖の服はクリーニング屋へどっさり運んだ。

日頃、仕事が忙しく、何もかも整理が不十分だった。アルバムも整理できていなかった。育児日記や自分の日記の整理、押し入れも、もっとわかりやすくしておかねば等々。

でも、もう時間がなかった。万一のときのため、夫や子どもたちに遺言を書いておきたいと思ったが、とてもその余裕がなかった。翌日のため、睡眠を十分とり、体力を保っておかねばと思い、睡眠薬を服用して休んだ。

月曜日（六月三日）朝、子どもたちを学校に送り出すとき、

「ママは一カ月ほど病院でお泊まりするから」

と直子は言った。明美は、

「一日ならいいけど、一カ月も嫌だ」

と駄々をこねた。悠は、そうかといった顔で平然としていた。

試験切除で一週間前から胸にガーゼが当てられていたのは、二人とも知っていた。その日の夜は、信夫の両親が子どもの面倒を見てくれることになっていた。

九時過ぎ、信夫と母に付き添われて直子は入院した。手術当日の入院とは、随分とわがままを許してくれたものだと思ったりもした。

体重測定、四十キロ。二日間で二キロも減っていた。局所の剃毛など慌ただしく準備が行われ、部屋に落ち着いたところへ、麻酔医の佐藤が訪れた。

「あ、佐藤先生、すみません」

「まあ、直子さん、元気出しなさいよ」

かつての同級生も、今は医者と患者だった。佐藤は気分をほぐそうと、盛んにファーストネームで話しかけた。

「直子さん。私のように手術室にいると、いろんな手術を経験するけど、手術の中でもこれは小さい手術の部類なのよ」

「そうね。私もそんなに心配していないのだけど」

「じゃあ、後でオペ室でね」

と、佐藤は立ち去った。

入れ替わりに、直子の兄、姉、弟、父と家族がずらりと並んでやって来た。直子からは兄弟に知らせていなかったが、

「こんなときくらい、兄弟が多いと心強いから」

と父が言っているのが聞こえた。姉が、

「直ちゃん、頑張って」

と言ったくらいで、言葉を交わす間もなく、看護師が入って来た。

「患者さん、手術室に出ますから」

頭に三角巾を巻かれ、ストレッチャーに移され、ガラガラと押されて行った。

「大丈夫よ」

直子は誰にともなく言って、笑い顔をつくった。


手術室でも看護師は知った顔ばかりだった。「先生」と涙ぐむ人、励ます人、いろいろだった。

「よろしくお願いします」

直子はただ、その言葉しか出なかった。

麻酔医の佐藤が待っていた。点滴注射のため、やや太めのテフロン針を入れるのに先立ち、

「局麻（局部麻酔）をしてあげようか。笑われるけど、テフロン針に局麻するなんて」

と少し甘やかした。

「そう言えば、直子さん。姪《めい》がお世話になりました」

「その後、赤ちゃんお元気ですか」

その辺りで意識がなくなったようだ。直子が診たことのあった佐藤の妹の赤ちゃんのことを、話し合っていたのだが……。

二　病室にて

「痛い、痛い」

と、左の胸を掻《か》きむしられるような感じに口をついて出た言葉を、直子は自分の耳に聞いた。

「直ちゃん、直ちゃん」

姉が呼ぶ声が聞こえた。

「これから手術ですか」

「もう終わったのよ」

「終わった……?」

直子は、酸素テントの中にいた。テントはおもむろにはずされた。

田中医師が顔を見せ、順調に手術は済み、輸血も要しなかったと伝えた。

その夜は信夫と母が付き添うことになり、他の者は帰って行った。

のどが痛み、のどに痰《たん》が絡んだ。麻酔時の挿管のためだった。

また、背中の左半分が、かちかちに凝って痛んだ。左乳房を摘出しただけでなく、乳房を含め大胸筋をごっそりもぎ取ったのだから、胸筋に拮抗《きっこう》していた背筋が過緊張になるのだろう。パテックスを貼ってもらい、麻薬を打ってもらって、直子は眠りに就いた。


翌朝（六月四日）、目覚めたとき背中が痛んでいた。直子が背部痛を訴えると、婦長は、

「皆さんそうおっしゃいますよ」

と言い、にこやかに笑った。

身体がだるくて、直子はとろとろ眠ってしまった。

院内の同僚医師が見舞いに来たが、苦しそうだからと、すぐに帰って行った。親戚の者が来ても、直子にはまだ話す元気が出なかった。

三日目（六月五日）、麻酔医の佐藤がカトレアの花を持って、明るい顔で訪れた。ともかくも直子は、麻酔の礼を言った。初めて術後の心境などを話す気持になって話し込んだ。長居はせず、

「姪の主治医に立ち直ってもらわないと困るのよ」

と、明るく笑って去って行く佐藤の目が潤んでいた。

小児科の婦長や看護師が顔を見せたが、皆、長居せず帰った。

直子の姉が芍薬《しゃくやく》の花を持って訪れた。

「これ、開くと大きくてきれいよ」

「ありがとう」

（それ以来、直子は毎年その季節に一度は芍薬を買うようになった）

直子の父が薔薇《ばら》の花を持って訪れた。

「家に咲いていたやつだ。なかなか可愛いんだ」

実家の垣根のピンクの蔓《つる》薔薇だった。

（これはその後、直子の家の庭に挿し木をして毎年花をつけている）

姑《しゅうとめ》がお寿司を持参し、次々に集まった肉親に囲まれて、にぎやかに夕食を摂っ

た。

直子は術後初めて、恐る恐る起座してみた。痛むところはなく、身体を横たえているより楽だった。

寝たきりというのはつらいものである。自分の身体の重みに、自分の身体が耐えられないようだ。しばらくでも起きていられるようになると、身体はぐんと楽になる。

三十七度七分の微熱はあった。予定通りの生理が始まり、四日ほど出血があった。その日、皆と食事を共にして気が紛れたこともあってか、直子は気分が快方に向かっていると感じていた。


四日目（六月六日）頃から、身体を起こしてもらったり、恐る恐る腕を上げてみたりもした。少し気分もよくなっていた。

これまで何人か病院関係者が見舞いに訪れ、「しんどそうだから、これで」とすぐ引き上げていたが、この頃から、直子はやっと見舞客（病院看護師、義姉、大学の同級生など）と話し込む気分になってきた。

まだ、連日、点滴を受けながらうとうとと眠っているのだが、暑くて身体を動かした拍子に胸が急に痛み出し、胸部の圧迫感に耐えられなくなってナースコールを押した。麻薬を打ってもらうと、みるみる気分がよくなり眠ってしまった。

三十八度九分の発熱。解熱剤の座薬を入れ、排便もあった。


五日目（六月七日）から気分がぐんとよくなった。独りで起きて立ってみた。洋式トイレにも独りで行ってみた。

姉の持って来た芍薬が大きく開いた。

上司の小児科部長Tが訪れ、当分の間の休職の手続きについて話し合った。

夜、直子は子どもたちに電話をした。受話器の向こうで、子どもたちは緊張していて寡黙であった。

洗面所で歯磨きをした。


六日目（六月八日）から、院内の看護師などの見舞客が多くなった。

「先生には、赤よりピンクの方が似合うと思って」

とピンクの薔薇の花束を持って訪れた若い看護師が、涙ぐんでいた。直子は、自分ではそんなに大したことでないと思っていたのだが、涙ぐまれると自分も涙ぐんでしまった。

「私の姉も子宮がんだったのです。私も気をつけなければと思っています」

と彼女は言った。（そのとき直子は予想だにしなかったが、彼女はその後、三十代で二人の幼児を残して白血病で亡くなったのだった）

子どもたちが、手紙を書いて運んで来た。

「お母さん、早く元気になってね」

「どうして病気になったの」

と書かれていた。直子は涙が込み上げるのを我慢した。十分くらいで母親と握手をして、子どもたちは帰された。

「大分楽になったから、母さん一度家に帰って」

入院以来ずっと泊まり込んでいた直子の母は帰り、信夫が付き添うことになった。

三　入院生活

信夫が付き添ったが、これといった用事はなかった。二人は、将来のこと、特に直子の仕事への復帰について話し合った。

無理しないでゆっくり休むということで意見は一致した。

信夫は、一家が当時住んでいた京都のマンションを出て、近郊のＳ県Ｏ市にある信夫の実家に戻ろうと提案した。何かと実家に助けてもらわねばならなくなることを想定してのことだった。考える力も判断力をもなくしていた直子は、反論することなく聞いた。

「自分はもう治ったつもりでいるよ」

信夫は明るく言ったが、直子は一抹の不安を拭いきれなかった。最悪のことも考えねばという気持ちを、夫と分かち合えないことを残念に思った。

後に直子は、神谷美恵子《かみやみえこ》著『存在の重み』に、若い人が突然致命的な病に襲われていることを自覚した場合の孤独感と悩みについて記されているのを読んだ。著者は精神科医として活動しながら、感染が恐れられ隔離されていたハンセン病の療養所・長島愛生園に足を運び、そこに精神科を開設し、ハンセン病患者の精神医療に尽力した。ハンセン病患者のトラウマケアを行った人だ。このような人になら、その気持ちを理解してもらえただろうと直子は思った。

外部からも、仕事関係の人たちが次々に見舞いに来た。上司の奥様、直子が校医を引き受けている学校の先生、婦長たち等々だった。あちこちに気を遣わせていることに直子は恐縮した。

親戚の者が手作りの食べ物などを持参した。また、直子の兄が来て、

「精神的に立ち直るのがまず第一だから、今までの生活ペースを崩さずに戻るのが一番いいのでは」

と考えを述べていった。いずれも直子にはありがたかった。

八日目（六月十日）、化学療法（抗がん剤）が開始された。術前からコバルト照射については聞いていたが、コバルトよりまず化学療法を受けてほしいと言われたことに、直子はやや驚いた。主治医から手術結果についてきちんとした説明はまだなかった。しかし、年齢の若いことなど悪い条件もあり、主治医の熟慮の結果の治療方針であった。数種の抗がん剤とステロイドホルモン、そして女性ホルモン対策であった。

手術時に卵巣摘出を同時に行うことも提案されたが、当日生理にかかるかもしれないと直子が言ったところ、主治医は卵巣摘出はやめて、男性ホルモンで卵巣機能を抑えることに方針を変えた。

週一回、抗がん剤のカクテルの点滴を十週間、三カ月ごとに行い、副腎皮質ホルモン、男性ホルモンを服用するということが始められた。不安のある直子は、十分な治療を望んではいたが、当初考えていたより大掛かりな治療だった。点滴の時間は長く、途中で二回排尿させてもらわねばならなかった。

夕方、家から電話があった。悠が腹痛を起こして嘔吐《おうと》し、自家中毒と診断されていた。

六月十一日、入梅。その後ずっと、うっとうしい天気が続いた。

六月十二日、半分だけ抜糸。かなり皮膚を引っ張ってあるので、抜糸は一度にはせず徐々にするのだ。土曜日に残りの抜糸を済ませたら一度家に帰って来るよう、主治医は勧めた。

六月十五日、直子の三十五歳の誕生日だった。主治医の心遣いで外泊が許された。午前中に点滴を済ませ、午後、信夫が迎えに来た。服に着替えて帰った。何と頼りなげな歩みだろう。

「全くひどい目に遭ったわ」

家に着くと、直子は一言吐き出すように言った。

今すぐに元の仕事に戻れそうな感じもした。とにかく治ったのだと考えようと思う一方、今から大変な治療が始まることもわかっていた。強い副作用のある抗がん剤を身体に入れ、男性ホルモン、副腎皮質ホルモンを服用し、コバルトを照射し、身体を痛めるのだ。考えると恐ろしいことだが、とにかく頑張ってこれに耐えなければと思った。

信夫は、翌週に学会発表があるらしかった。子どもたちは、夕方まで学童保育で元気に遊んで帰った。身体のことなど心配していると取り残されてしまいそうに思えた。何かの異常で動けなくならない限り、くよくよせずに働かねばと直子は思った。

二人の子どもたちは、いつもより仲良く遊ぶように見えた。

信夫は、夕食の肉を焼いたり味噌《みそ》汁を作ったり、よく働いた。

夜、信夫は、学童保育の保護者会に行った。

直子は、子どもたちと九時まで本を読んで過ごし、九時には眠りに就いた。

六月十六日、直子は六時前に目覚めた。とにかく服を着た。子どもたちは、母親の身体が痛いのだと思っていた。病気のことは子どもたちにはきちんとは話されていなかった。どんなにショックを与えるかと思うと、直子にはとても話せなかった。

信夫は朝食にスープを作った。三人分だった。

「あなたの分は?」

と、直子が尋ねると、

「僕は、昨日の味噌汁が残っているから、それを食べねば」

と答えて、味噌汁を温めた。まるで主婦の気持そのままである。さらに、

「残り物を食べるから、肥えるぞ。きっと」

と言い、

「僕は器用だから、何でもやらせればできるんだ」

と威張った。直子が目を回すくらい細かいことまでやった。小さい頃は「あーおなか減った」と言って台所にもよく出入りしていたと、今まで直子が聞いたこともないことを言ったりもした。

「こんなに何でもできるのに何もしなくて、と思ってるんだろう。家のことなんて何もできない人だと思わせておくべきだったな」

昼はきしめんを作った。信夫だけは、夜に御飯を炊くのに、お釜の御飯を空けねばならないからと言って、御飯を食べた。やってみれば、主婦の気持はわかるものである。

午後、信夫は少し勉強をした。学会の準備らしい。直子は病院へ持って行く物を揃

えた。子どものピアノもみてやった。

病院へ戻るのはやはり寂しかった。しかし、よい子になったつもりで直子は病院へ戻った。

六月十七日、直子は左の肋骨が腫《は》れているような気がした。本当に取れたのだろうかと不安になった。

六月十八日、主治医から手術の説明があった。腺管内に腫瘍細胞の残りがあったくらいで、次の筋肉にさえ及んでいなかった。肋骨なんて大丈夫ですと言った。皮下組織をごっそりこそげとっているので肋骨が突き出しているのだと説明された。

そして、翌日からしばらく主治医が休むことを話された。主治医の妹さんが心臓の手術を受けるということだった。危険のある手術だが、心不全で肝腫脹《しゅちょう》も来しており、このままであればあと五年の命。手術するなら今しかない。その人も直子と同い年、小学校三年生と一年生の子どもさんがいるという。

「本人は何も知らず幸せですが、自分はしんどいです」

と主治医は言った。多少の危険を冒しても、手術に踏み切るべきなのだろう。医者というのは何とつらい仕事なのだろうと直子は思った。

六月十九日、起床時より頭重感あり、朝食時吐き気あり、食は進まず点滴後も続いた。昼食後、薬を服用すると再び吐き気および腹痛。夕食は何とか食べた。

六月二十日、二十一日、比較的気分はよかった。

六月二十四日、主治医は五日間休んだ後出勤し、今後のことについて説明した。「五年間何もなければ大丈夫。また、五年間も保証する。両側に(腫瘍が)できる人もあるから、反対側も注意しておくように」

ということだった。それ以来、直子は、五年を目処《めど》に生きることを考えるようになった。

——あと五年は生きられるであろう。もしその間に転移が見つかれば、そのときから五年、新たな治療を始めて生きるであろう。

五年より先のことは考えまいと思った。

直子は入院中は、ほとんど一日中、ラジオのＦＭ放送で音楽を聴いて過ごした。それまで、わけもなくモーツァルトが好きだった。透明な美しさに無条件で陶酔していた。病室で毎日ラジオの音楽を聴いていると、バッハとベートーベンが最も気持ちにぴったりだと感じた。意外なことに、これまであまり聴いたことがなかった邦楽とか謡曲とかも気持ちよく聴けた。

また、病室で精を出したのは、育児日記の整理だった。

直子は育児を楽しんだ。育児日記は娘たちが結婚するとき持たせてやりたいと思っていた。育児に精を出していた割には忙しくて穴だらけなので、保育所に預けて連絡帳に記してあることなどは、移記し、まとめておくことにした。

娘が母親を最も必要とするのは、初めてのお産のときである。誰でも初めてのお産は不安なものである。そして一人目の子どもを育てるときは全く頼りないものである。何とかそのときまで生きていてやりたいと思っていた。

それがかなわぬなら、母親の育児日記を参考にしてくれたらよいとの思いだった。

第一子のときと第二子のときの記述の詳細さの違いに苦笑もしながら、とにかく娘たちに残すものと考えた。そして、自分がそのときまで生きていられないなら、そのときこそ二人で助け合っていくようにと、遺書めいたものを書いたりもした。

その頃数年の直子は、生きることのほとんどを子育てに注いでいた。子どもを育てる喜び、子どもが世の中を発見していく姿を眺める喜びを、いつか一冊の本にでもできたらと思ってもいた。

自分の仕事については、これからだった。仕事を充実させるための下準備の勉強の最中だった。

今後十年も生きられるのなら、これを続けて医者をすべきだろう。いや、二年であれ三年であれ、そうかもしれない。自分は医者として生きる道を選んだのだから。死の瞬間まで医者として働くべきなのだろう。ただ、母親として、妻として、もう少し役目を果たしながら仕事も続けるのでなければと思う。従って、さらに仕事のペースを緩めなければならないだろう。

退院したら、家でしばらくは、庭に花や野菜を植えて、家事に打ち込みたいとも思っていた。

病床で直子は、死についても考えていた。

人は必ず死するものである。それは当たり前のことなのだけれど、そのことは、十代終わり頃までの若い頃には、大変恐ろしいことに思えた。宇宙の無限の果てはどうなっているのだろうといったことと同じく、死した後、人はどうなっていくのだろうといくら考えてもわからず、気も狂わんばかりになったものだ。そして人間の孤独とか虚しさを感じずにはいられなかった。それは、直子が二十四、五歳まで、すなわち結婚する前まで続いた。

しかし、結婚してからは、そういうことはあまり考えることなく生きてきた。子どもを育てるのに忙しくて、ものを考える暇がなかった。また、医者になり、人間の死というものを見つめる機会を持つようにもなった。そして、人間の生と死は、ほんのちょっとした違いでしかないと感じるようになっていった。

白血病の子どもを、まだ外見上は元気にしている頃から診ていた。次第に病状が進み、一日一日と体が弱り、もう十日はもつまい、もう二、三日何とかもつかと思いつつ診ていて、ある瞬間にふっと息を引き取る。そういう人間の生から死への過程を見ていて、死というものに対する恐怖はだんだん感じなくなった。

心臓の奇形のため無酸素発作状態が続き、脳にも酸素欠乏状態が続き、呼吸が停止する。人工呼吸をすると再び呼吸を始める。再び呼吸停止。今度こそもう駄目だ、心搏動も少なくなってきたと思いつつ心臓マッサージ、人工呼吸を続ける。するとまた自発呼吸が返って来る……といった生死の境をさまよっている子どもを診ていたとき、死に対する考えは、それまでとかなり違ってきた。本当に生と死は背中合わせ、ちょっとした違いなのだと思うようになった。

自分の死というものにも、恐怖は感じなかった。苦しみはあるかもしれないが、眠るのと同じだと思った。

この前の手術で全身麻酔をしたときは、眠いという感じさえ持たずに意識を失っていた。もし、術中に亡くなる場合には、その死というものには、苦しみを伴うことさえない。毎晩の眠りにつくときとあまり変わらないだろう。

理想としては、老衰死を考えていた。

それぞれの年齢にそれぞれの年齢の生き方をして自分の役目を果たし、その後しばらくひっそりと若い人たちの生活を眺めながら、老人らしく日を過ごし、少しずつ物忘れもし、生に対する執着も薄らいで、自分の両親も兄弟も友人も亡くなっていった後、自分も仲間入りするような気持ちで、ある日苦しみもせず息を引き取る――これが直子の理想とする死に方であった。

誰でもがそんなふうにはゆくまい。でも、少なくとも自分の役目を果たすまで、五十歳か六十歳までは生きたいと思った。楽しかった夫との結婚生活も、今後まだまだ楽しみたい。三十代の夫婦、四十代の夫婦、そして五十代の夫婦とそれぞれの生き方をして、共に白髪の老人となるまで生きていきたいと切に思った。

一カ月余りの入院中、病室の窓からは、梅雨どきのどんよりした空しか見えなかった。美しい自然や青空が見えれば、入院生活もどんなにか慰められるであろうにと残念だった。もし死を迎える病床なら、美しい眺めの窓を持つところであってほしいと思った。

直子は仕事の復帰について上司と相談した。とりあえず、診断書と一カ月分の欠勤届を出し、体力的に出られるときまで休職することになった。始められる時期になれば短時間でも、非常勤でも常勤でも仕事に復帰すればよいという恵まれた条件で、いずれ復帰することが望めたのであった。

今後の治療は通院ですることにして、七月三日、七月中の欠勤届と診断書を出して直子は退院した。

四　退院から仕事復帰まで

退院後は、信夫から提案された通り、それまで住んでいた京都のマンションを引き払って、O市の信夫の実家に戻ることになった。信夫の父が郊外の団地に家を建ててそちらに移ったため、信夫の育った家は空き家となっていたのだった。京都に住むことは、学生時代以来の直子の夢だったが、この際は信夫の意見に従うしかなかった。

抗がん剤カクテル注射は週一回十週間で一クールである。入院中に四回まで済ませ、その後の注射は通院ですることになった。抗がん剤の注射は、回を重ねていくに従い体に負担が多くなるのか、八回目、九回目には、翌日は全身倦怠《けんたい》感のため、一日中体を横にしなければならなかった。しかし、その後また楽になり、八月十日に何とか一クールは終了した。

その後二週間ほどした頃には、手に脱力が生じていた。包丁を使うときや鍵を開けるとき、力が入らないのだ。林檎《りんご》の皮を剝《む》こうとしていて、林檎をポトリと落としてしまった。

抗がん剤には、いろいろな副作用がある。調べると神経質になると思い、あまり考えないようにしていたが、カクテル内のビンクリスチンには末梢神経障害を起こす作用があることを、直子は知っていた。手の脱力はそのためと思われた。

こむら返りが起こって夜中に目が覚めたり、胃が痛んだりもした。

化学療法の一クールが終わって一カ月、九月十三日から胸部へのコバルト照射が始まった。照射後に、頭痛や吐き気があった。また、白血球が減少するので血液検査を行い、白血球数が三千を割らないことを確認しながら、週五回の照射に通った。そして、十一月一日に、三十三回の照射を無事に終えることができた。

照射後二週間して、十一月十四日からとりあえず仕事復帰ということになった。

退院してから出勤までの四カ月は、引っ越しの片付けはあったが、通院のほかは家事のみの生活だった。直子には貴重な期間だった。家事や庭仕事は精を出してやればきりがないが、平和な幸せな時間が流れた。

庭の草引きをした。少し球根なども埋めた。フラワーボックスにラディッシュやレタスの種も播《ま》いた。庭仕事は楽しくて、始めると本来の仕事を忘れてしまいそうになった。料理もしかり。テレビの料理番組を見た。料理の本を持っているだけ広げてみた。新しい本も買い込んだ。時間をかけて料理を作った。もし、自分にそれが許されるなら、外に仕事を持たず、庭仕事や料理に精を出して働き者の主婦になるだろうと直子は思った。

しかし、そんな平和は、ずっと続くとは思えなかった。社会に目を向ければ、そんなことだけで済むとは思えなかった。外に仕事を持たず、ずっとこうして平和に生きていくことが、自分に許されるとは思えなかった。

直子は、女性が高等教育を受けることがまだ当たり前ではなく、女子学生亡国論などがささやかれていた時代に、国のお金で高等教育を受けた。それを無駄にしてはいけないという気持ちがあった。

当時、女性は、大学を卒業しても、学んだことを活《い》かすことなく、結婚して家庭に埋没してしまう場合が多かった。そんな女性が男性を押し退けてまで大学で学ぶことに、疑問を投げかける人もいたのである。

また、直子は、人間の命がいかに不確かなものであるかを痛感してもいた。社会的な仕事に戻ることは、自分にとっては当然のことと考えていた。

直子は、何となくこのまま生きていけそうな感じで生活をしていたが、万一、再発とか、何か悪い兆しが見えたときに慌てなくてよいようにしておかなければという気持は捨てられなかった。

それまでの何倍も信夫に頼るようになった。自分が家中の安全を確認せずに眠ってしまっても、夫が帰宅後必ず安全を確認してくれる、子どもたちのベッドを見回って布団を掛けたりもしてくれる、と思うようになっていた。夫と子どもたちに支えられてやっと生きているようでもあった。

直子は、よくモーツァルトのピアノ曲など好きなレコードをかけていた。

「ママ、その曲好きやなあ」

子どもたちはニヤニヤして言った。

直子がこの曲をこんなにも好きなのだということを、子どもたちは思いやりを持って見ているように思えた。もし、直子が死んだら、子どもたちは、

「ママはこの曲が好きだったね」

と言いながらこの曲を聴くのではないかしらと思った。

抗がん剤で指先に力が入らなくなってはいたが、まだ、ピアノが弾けない程ではなかった。やさしいバッハのメヌエットを弾いた。「ママがこの曲をとても好きで良く弾いていたわ」と子どもたちに思わせることになるかもしれないと、また思った。

直子は、子どもたちに病名を告げることができなかった。二人とも、母親の病気について心配している様子は全くなく、明るくて素直だった。

信夫はどこまでも優しく、人としての誠実さは並外れていた。仕事への情熱には揺るぎないものがあった。生きてさえいられれば幸福そのものであった。夫と共に老年期を迎えたいという願いには、切なるものがあった。そのときは、信夫の留学中にカナダで使っていた紅茶茶碗でお茶を飲みたいものだ。二客の紅茶茶碗を棚の奥にしまいながら、これを使う日の来ることを願った。

仕事に復するまでには、晩年の生き方について考えておきたいと直子は思った。

晩年の生き方といっても、自分が晩年を生きているということをわかって生きる場合と、思いがけず晩年を迎えてしまう場合とでは全く違うだろうが、まずは直子の好きだった人、尊敬していた人の伝記の晩年の部分を読んでみたりした。

しかし、いずれも、人生を生き終えての晩年であった。

キュリー夫人伝の最後の部分を読み返した。彼女はまだ自分の最期を予期しなかった。まだ研究のことしか頭になかった。死との対話はなかったのではないか。次の研究については気にかかることがいくらもあったであろうけれど。

直子は、小児科医で教室の先輩でもある松田道雄《まつだみちお》の『私の読んだ本』を読んだ。彼は若い頃、マルキシズムについて読み、勉強し、それを信じて生きてきたが、戦後次第に疑問を持ちだし、今、晩年を生きる彼は、マルキシズムとは自分にとって何だったのか問わずしては死ねない、といった心境が書かれていた。

自分が三十代や四十代で死を迎えるとしたら、晩年を送っているという自覚がないうちに晩年を過ごしてしまうことになる。

ついこの間まで、直子は自分が中年とさえ思えないでいた。学生時代が長かったので、青年という気持ちを引きずり、子育てが一段落したら勉強して、これから自分の本来の仕事をするのだと思っていた。死につながる病気になったからといって、いきなりもう晩年を生きているのかもしれないとは、どうしても思えなかった。しかし、一刻一刻大切なときを生きているのだということを、今まで以上に強く感じるようになっていった。

やがて仕事に復する日が来る。

休んでいる期間がもうあまりないというときになって、ピアノに向かう日が多くなった。毎日ピアノに向かっていると、またピアノが響きだし、歌い出した。譜を読む勘がだんだん戻って来た。

「マグダレーナ・バッハのための練習曲」から、やさしいメヌエットを弾いてみた。一音一音が減衰していくほどの速度で丁寧に弾き、音の中に沈み込んでいった。あまりに美しく、また、あふれんばかりの愛情が感じられて、幸福な気持ちに充たされた。この曲を弾くためだけにでも、ピアノを練習してきたかいがあったような気持ちになった。

モーツァルトのソナタも、なんと美しく響くことか。K《ケッヘル》二八〇、K三三〇、K三三一など。直子はソナタが好きだった。また、情緒的な気分で、「乙女の祈り」やショパンのノクターンなども、譜をなぞっていった。ピアノに向かっていると時間を忘れ、家事などに時間を費やすのが惜しいように思われてきた。

娘時代、音楽が直子の心を大きく占めていた期間がかなりあった。好きな曲をどんどん弾くほどには習熟していなくて、その道に進むことを考えるほど才能にも環境にも恵まれてはいなかったが、音楽は大きな喜びではあった。

しかし、結婚後は、音楽を自分の楽しみとしてさえ取り込む余地のないほど、多忙な慌ただしい生活だった。病気のため思わぬ時間を得たのを機会に、また心に音楽が入り込んで来た。

子どもたちが学校に行っている間には、ディヌ・リパッティのブザンソン告別演奏会や、スヴャトスラフ・リヒテルのバッハ「平均律クラヴィーア曲集」のＬＰレコードを聴き、至福のひとときを過ごしていた。音楽によって、毎日が幸福感であふれるようになった。


直子は、湯川秀樹のエッセイ『本の中の世界』を読み、氏が自分の専門の分野以外に、広く文学など愛読されていたことを知った。自分も、せめて真に自分の心を捉《とら》えたものは深く読んでいきたいと思った。

仕事に出る日が迫って来た。仕事は仕事で頑張りたいが、そのために他のすべてを犠牲にしたくはないと思った。

五　今を見すえて

十一月十四日、手術から五カ月余りで直子は、S県O市にあるO病院の職場に復帰した。放射線による肺炎のため、軽い咳《せき》は続いていたが、何とか仕事はできた。直子を待っていた患者もあった。

休んでいる間には、直子はこのまま主婦でいられるなら、それもまた幸せだと思いもしたのだが、仕事を始めるとすぐに、仕事は生きがいだという思いがわき出てきた。

直子が小児科医として初めて赴任したのも、このO病院だった。当時、第一子を妊娠していて、数カ月で産休に入った。産後、子育てをしながら働く職場として、教授からは、重症心身障害児施設への赴任を命じられた。

一年後、次の赴任先は、児童相談所・乳児院・情緒障害短期治療施設を伴った役所で、てんかんの治療や、脳性麻痺、発達に問題のある子どもたちの診断に当たるのが主な仕事だった。障害児の問題を考えさせられ、勉強になる仕事ではあったが、一般小児科医としての臨床経験を積む機会が得られないことに、直子は焦りを感じていた。そして四年後、夫の留学に伴うのを機に公務員を辞し、一年後に帰国してから、今度はO病院に自分から願い出て働くことになったのだった。

当時、S県内にはまだ医大がなかったので、O病院が県内の最終病院であった。特別に県外の大学病院に受診する必要のある場合以外は、全ての患者をO病院は受け入れていた。若い駆け出しの医師にとっては、いろいろな疾患を経験できる、またとない研修病院だった。それだけに忙しい病院でもあった。

小児科部長のT医師は常々、

「県内の子どもが皆安泰でないと、我々は楽にしていられない」

と口にしていた。開業医が休みとなる週末や年末年始の休暇中は、平日より忙しいことがあった。まだ週休二日制でなく、土曜の午前中は病院は開いていた。仕事が終わればさっと引き上げて帰らないと、救急外来から、

「小児科の先生おられませんか」

と電話が入り、捕まると帰れなくなった。

T医師は、患者からも紹介先の医師からも絶対的な信頼を得ている名医であった。T医師のやり方を学び身につけて、ここでこそ小児科医として自信を持てるように頑張りたい、と直子は思っていた。

病気は治せるものばかりではない。その時代に治せる病気は誰がやっても治せるが、治せないものは治せない。しかし、うまくいって喜びを感じる機会も多い。

脱水状態でもう少し来るのが遅ければ命を落としたかもしれないと思える子どもが、点滴によって見る見る生気を取り戻していくときは、「命を拾った」ような気分になった。それは、自分が助けたというより、その子が手遅れにならずに医者のところに来たという幸運のために助かったのではあったのだが。

それまで障害児を診ることの多かった直子には、こんな機会も貴重だった。

隣の産婦人科で奇形の赤ちゃんが生まれた。四肢の奇形があり、頭蓋《ずがい》・顔貌《がんぼう》なども普通ではなかった。父親は動転し、何とかしてくれと言った。そのとき居合わせた医者は、つい、

「二、三日ミルクを与えないでおけば死ぬ」

と言った。しかし、三千グラム以上もある赤ちゃんは大きな声で泣き続け、看護師もミルクを与えないわけにはいかなかった。赤ちゃんは上手にミルクを飲んだ。

母親には子どもの様子は伝えられていなかった。父親は、

「産後体の弱っているときであり、気の小さい彼女は何をするかわからない。自分が適当な時期に話すから、今は母親に話さないでほしい」

と言った。子どもの状態についてはわかる範囲のことは検査してほしいと希望した。子どもは直子が引き受け、一通りの検査の結果、頭蓋骨の一部が早く癒合《ゆごう》するアペルト症候群と診断された。診断名とともに、こういう病気の子どもが生まれたことについては、親の責任でもないし、恥ずかしいことでもないことを話した。

大柄でいかにも頼りになりそうな父親が、自分も大学の卒論で安楽死について扱ったので、それがどういうときのみに許されることであるかは十分わかっているのだけれど、何かのことでこの子がいなくなってくれることを望み苦しむ、と言って涙を浮かべた。直子は父親と、時間をかけて話し合った。子どもは、退院時には母親の元ではなく、とりあえず別の人に預けられた。

一カ月後、父親が訪ねて来た。父親は、子どもが預けた先で呼吸困難を起こし救急入院となったこと、今はまだ安定していないが、落ち着いたら母親の元へ帰したいと思っていること、また、母親にも子どものことを話したことなどを語った。直子は、落ち着きを取り戻した父親を見て安堵するとともに、赤ちゃんが家に帰って来たら連れてきてもらい、発達状態を診せてもらう約束をした。

結果的には、その子は無呼吸発作を繰り返し亡くなった。しかし、社会的に責任ある立場にある一人の父親の、そのときの戸惑いと悩みが、そのときだけのものに終わったはずはないと直子は思った。

奇形や障害を持つ子どもが生まれた場合、その命が生きるに値するかどうかを決めるのは、親でも医者でもないであろう。人間皆が完全な健康な状態で生まれてくるのではない。一定の割合では、障害も奇形も生ずる。そのことは当然、人間皆で背負っていかなければならない問題である。現在では、世間の偏見や無理解で親がつらい思いをしていることも多い。

小児科の日常の診療の際にも、障害の問題に遭遇することは少なからずあったので、一つ一つのケースが、人々が障害についての理解を深める機会になれば、と直子は思っていた。

ちょうどその頃、O病院の近くで、「三十五歳で去った片腕の画家『三橋節子《みつはしせつこ》』を偲《しの》ぶ遺作展」が開かれた。三橋節子は、京都画壇の若手として活躍していたが、三十二歳で鎖骨がんのため右腕を切断した。その後、がんは肺にも転移し、彼女は死線をさまよいながらも、絵筆を左手に持ち替え絵を描き続けた。幼い二人の子どもを残して逝かざるを得なかったのではあるが、死を見つめながら、母親としての深い人間性のにじみ出た作品を、死の三日前まで描いた。

母親と子ども、湖を駆ける空想世界の動物、それを取り囲んで乱れ咲く野草という構図が好んで描かれていた。直子は特別な思いで作品に見入った。

自分も三十代で死ぬと決まったわけではない。が、あるいはそういうことになるかもしれないという気持はやはり捨てきれない。若くして死することについて、考えないではいられない。

三十代というのは、まだ人生の峠にたどり着く途上にある。十分花開かせていない状態での死は無念ではあろう。しかし、本人は希望に燃えた時期だけで去って行くのだ。遺される配偶者と幼い子どもこそが、どんなにか大変だろう。

三橋節子の晩年の生き方は感動的だが、絵を描くことのできない者は何を残せばよいのだろう。あるいは、形あるものを残さなくても、どう生きたかというだけで十分かもしれない。直子には、医者として患者にどのように接し、どのような診療をなし得るかしか考えられなかった。

幼くして母親を失うかもしれない自分の子どもたちのことを思うと、いたたまれない気持ちになった。悲しみが深くなり苦しくなった。

直子は、考えを変えることにした。

今は二人とも、いかにも子どもらしく天真爛漫《らんまん》で、暗いところは全くない。それだけに、二人ともわがままであり、努力的ではない。もし、母親を失うという悲しい経験をすることになったら、それをどう乗り越えるか、それによって彼女たちは何を得るだろうか。逆にそちらを期待しよう。二人はもっと深みのある人間に成長し、もっともっと互いに助け合うようになるだろう。

だから、自分の命があと数年かもしれないとしても、その命をどう生きるかを考えることにして、後に残す悲しみについて思い煩うのはよそうと直子は思った。

後に直子は永井隆《ながいたかし》著『この子を残して』を読んだ。著者は長崎医科大学助教授で放射線医学の研究者。戦時中に結核のX線検診に従事して白血病に冒された。さらに一九四五年、長崎原爆で被爆し、六年後の五一年に四十三歳で二人の子を残して亡くなった。キリスト教の信仰を持っていた永井博士は、「神にお任せしておけば絶対に大丈夫」と考えることができた。残念ながら、直子は信仰を持っていなかった。

若い頃から時間がなくて十分できなかったこと、好きな音楽を聴き、読みたい本を読む……なども、今しておかないと果たせずに終わってしまうかもしれなかった。今、バッハを聴き、ベートーベンを聴き、モーツァルトを聴こう、と直子は思った。

それから間もなくして直子は、神谷美恵子著『生きがいについて』を手にした。一句ごとに共感し、納得して読んだ。

直子の考えていたことなどはほとんど、この中に書かれていた。心を揺すぶられる思いで一語一句を味わった。ひとたび生きがいを失った人が新しい生きがいを見い出す場合の心の世界の変革という難しい問題も、わかりやすい言葉で明解に書かれていた。この著者のような人になら、自分の抱えている悩みは全てわかってもらえるであろう。直子はこのような人と同時代を生きていることを幸せに思った。いつか、著者に出会える日があるかもしれないと期待した。

その夏、明美と悠は、二週間ほど信州で過ごしていた。

直子の古くからの友人E夫妻が信州に山小屋を建て、南アルプスの山々や伊那谷《いなだに》の畑を眺めながら、夏を過ごしていた。自分たちの食べるだけの野菜を作り、味噌や漬物を作り、夜は好きなだけ本を読み、LPを聴いたりリコーダーを吹いたりして音楽を楽しんでいた。ぜいたくな別荘暮らしといったものではなく、あくせくせずに、自然とともに生きていたのだ。子どもたちは野草の中を巡り、可憐《かれん》な花を見つけたり、農家で飼っている牛をゆっくり眺めたり、牛に草を食べさせたり、とうもろこしをもらってきたりしていた。もぎたてのとうもろこしがこんなに甘くおいしいことを、彼らはそのとき知った。

子どもたちを迎えに行った折に垣間見た信州での生活を、直子も強く求めるようになっていた。

　秋になって、E夫妻の山小屋の近くの農家で、少し土地を売って家を建て直す費用にしたいと思っている人がいることがわかった。直子は、自分たちのために土地を買っておきたいと考えた。

　日本中の（と思えたのだが）人々の慌ただしい生活に疑問を持っていた直子には、時々羽を休める場所を求めることは、ぜいたくとは思えなかった。山々を眺めるのは、よい音楽を聴くのと同じく、感動的なことだった。この度の入院中、病室の窓からの眺めは、灰色の空（六月の梅雨どきであったから）と薄汚れた病院の建物ばかりであった。入院中の病人が、せめて病室の窓から美しい自然を眺めながら過ごせれば、どんなに慰められるだろう、病院は眺めのよいところに建てるべきだと思った。

　南アルプスの山々を眺められるこの土地を、ぜひ手に入れたいと直子は思った。

　もし、自分がこの世の中に自分を適応させて生きていくことが難しくなったら、しばらくこんなところに引っ込んで考えを整理したい。雑事に追われずに仕事を整理するにはよいところだ。悠は今でさえ型にはめるのが難しい子どもだが、彼女のような子どもは、今の学校生活でははじき出されてしまうかもしれない。そんなときは、ここでゆっくり絵でも描いていたらよいかもしれない。将来、可能になれば、山小屋を建てることにしよう。

そう高いわけでもなかったので、苦労せずに手に入れられるうちに土地だけ買っておくことにした。

信夫は、別荘地を買うのは自分たちにはまだ早い、自分の主義に反する、と当初は買うことをためらった。また、買っても、自分たち家族にとってその頃の生活は、小屋を建てても、それを利用できる時間がなかった。けれども、信州での生活を夢見ることは、傷ついていた直子の心の癒やしにはなった。

直子は、ドルメッチのアルトリコーダーを買った。京都の楽器店で見ていて、一万三千円と思い支払おうとすると、額が一桁違っていた。そのときはお金が足りなくて買えなかった。その後大分考えたが、やはり買うことに決めた。

暖かい美しい音色だ。たとえ十分でも二十分でも吹くのに、美しい音の楽器を用いたい。直子にとってピアノは楽しみではあるが、体の具合が悪くなり入院でもしたら、そのときはピアノを病室に持ち込むわけにもいくまい。リコーダーなら、病床に伏していても吹けるかもしれない。夫や子どもたち、Eさんたちとも合わせることができる。

一分でも二分でも、よい音色でという気持ちは、他のことについても同様だった。直子は子どものマフラーを編んでいたが、よい毛糸を選んで買った。

安い毛糸をたくさん買ってどんどん編むということは、もうできないのだ。読書も、暇に任せて乱読ということは今更できない。どうしても読みたいものだけに限らざるを得ない。自分の生がそう長くないかもしれないと思うと、何事もそのようになってしまう。

お正月休みに直子は、学生時代からの友人I夫妻の家族と、信州霧ヶ峰でスキーを楽しんだ。O病院が休みになるとすぐ、十二月二十八日に家族で出かけ、直子だけは元日の出勤に備え、三十一日に先に帰宅した。

直子はスキーなど、もう自分の人生でやってみようとは思っていなかった。自分は雪見のつもりで出かけたのだった。それでも、迷いながらスキーを担いでゲレンデまで歩いた。病気以来、こんな重いものを持ったことはなかった。怖々だった。やめようかと迷いながらも、子どもたちが入るスキー学校に、できる範囲で参加しようと申し込んだ。

学校が始まると夢中になった。あまり転ぶ心配もなく、滑ることが怖くなくなっていった。最後に、リフトで上まで上り、上から滑り降りたときは少し怖かった。二十五度の斜面といえば、そう急なものではないのだろうが、どの程度のスピードに自分の体を処していけるかが不安だった。思い切り走ったり体を伸ばしたり曲げたりすることは、発病後はほとんどなかったのだ。

その夜は、体中がほてったような、肉体労働の後の快さを味わって眠った。スキーができたことは、一つの自信になった。信夫は言った。

「やればできるってことよ」

確かにそうかもしれない。スキーはできたかもしれない。けれども、毎日の生活の中で、自分の体力の限界を感じていたことも事実であった。

病院の仕事が多く、一日動き回ったような日、帰宅が遅れ子どもを待たせ、大急ぎで走って帰り、簡単な食事を作り、子どもたちと食べてほっと一息ついたとき、後片付けも夫の食事の準備も苦痛になっている。そこへ夫が帰ってきても、愛想よくサービスすることが苦痛になっている。体力的にもう動けない。自分の気持ちが要求するだけのことを成し遂げる体力がないのだ。

それに似た不都合は、他にもいろいろと生じていた。

手術してからしばらくは、周りの人も病人と考え、いたわりの気持ちで接してくれる。しかし、数カ月から一年も経つと、病気のことは忘れ、健康な人として、普通の生活を要求する。

自分もそのつもりで普通の生活をしていたのだが、やはり、体力が落ちたことを折々に感じ、努力をしてやっと体面を保っていたのだ。

病人と二年も三年も付き合うのは、夫もやりきれないだろう。せいぜい病人らしくなく振る舞おうと直子は努めた。しかし、元気なときにスキーやキャンプに誘い出されるのはうれしいことだったが、体力が弱ってからは、何とか頑張ってついて行く感じだった。

六　再び三カ月の休職

術後一年半が過ぎた。このあたりでもう一度、化学療法のクールを行っておこうということになった。

自分の体の中で、どのような変化が起こっているのか、起こっていないのか、直子には知る由もなかった。主治医の田中にもわかってはいなかっただろう。しかし、がん細胞の一つでも残ってはいないか、田中には不安が残っていたのだ。直子には言うまでもなかった。

直子は、やっと、そう疲れずに日々の生活が送れるようになってきたのだが、またここで、十週間のクールで体を痛めつけることになった。皆にはニコニコ笑って、

「しばらく休養するの」

と言っていたのだが、

「また悪いの？」

と心配気な顔をされると、憎しみさえ覚えた。自分がこんな立場になって初めて、同情とは腹立たしいものだとわかった。

直子は三カ月間仕事を休むことになった。その間には本も読みたい、音楽も聴きたい、家の中の整理もしなければ、子どもと勉強もしようなどと、少しの期待も持って臨んだ。

抗がん剤カクテルの点滴注射後二、三日は吐き気があり、頭重感もあって気分が優れなかったが、寝るほどではなかった。

夫と小学生の娘二人を送り出した後は、家中の窓を開け、掃除機をかけた。布団を干したり、シーツやパジャマの洗濯をひんぱんにしたりした。朝食の片付けと、夕食の下ごしらえをし、さらにプリンを作ったり漬物を漬けたりしても、十時頃にはすっかり片付いた。自転車で買い物に行き、野菜や果物もこまめに買った。子どもの机の整理もしてみた。

昼食は栄養を考えて、野菜を主にしたものを作った。一人分だから簡単だ。ゆっくりテレビを見ながら食べた。食後は雑巾を縫ったり、繕い物をしたり、子どものハンカチに刺繍をしたり、古い毛糸の帽子に少し手を加えてスキー用に作り替えたりして手仕事がはかどった。家の整理を少しずつした。一日一カ所ずつ、今日はガスレンジ、今日は押し入れのこの部分……と少しずつ片付いていった。

アルバムの整理もぼつぼつできていった。手紙も少しずつ書いた。二、三日に一通、写真を送ったりしながら。

柳生力《やぎゅうつとむ》編『ふえはともだち　アルト・リコーダー教室』（音楽之友社）に従い、リコーダーを一日二十分ばかり吹いた。

子どもが学校から帰るまでの間には、医学書も少しは読み、好きな本も少し読み、独りで好きな音楽も聴き、至福のひとときを過ごしていた。

ウィルヘルム・ケンプのＬＰでベートーベンのピアノソナタを一日一曲聴いた。全三十二曲を聴き直すことができた。こんな期間があったからこそできた貴重な経験だった。ベートーベンのピアノソナタは、バッハの平均律ピアノ曲集と共に、直子の心から愛する音楽だった。その頃一年ほどは毎日のように、平均律ピアノ曲集の何曲かを聴き、「パルティータ第一番」「ゴールドベルク変奏曲」なども、繰り返し繰り返し聴いていた。

夕方は、子どもたちと一緒にテレビを見た。「草原の少女ローラ」「名犬ラッシー」「まんが日本昔話」など自分も楽しんだ。

仕事をしていた頃には、子どもと一緒にテレビを見るような時間はなかった。この頃は、昼間に夕食の準備がほとんどできていたので、子どもが帰ってからいつまでも台所にいるようなことはしなくて済んでいた。

夕食までに子どもの勉強が済んでいれば、夕食後にゆっくりピアノの練習をさせた。親がイライラしていないと、子どもも素直に練習した。

夫の帰りがずっと遅く十一時になっても、イライラしないで待てた。夫と一緒にもう一度軽い食事をとり、テレビを見たりおしゃべりしたりして十二時までには寝た。何と平和で落ち着いているのだろうと直子は思った。

心の緊張がないので疲れない。朝は適当に目覚める。家中で一番早く起き、ストーブをつけ、部屋を片づけ、栄養を考えて朝食を作る。子どもたちも夫もしっかり朝食をとって出かける。こういう生活は、一家の健康のためによいに違いない。母親が落ち着いた生活をしていれば、子どもにも精神的によい影響を与えるだろう。夫も気分がよいに違いない。こういう生活がずっと許されるのなら、何と平和で幸せで安易なのだろう。

しかし、こういう生活をいつまでも続けることが許されるとは思えなかった。一家の誰かの健康が害されたり、社会状態の変化により、一瞬にして砕かれてしまうかもしれないのだ。

直子は、たまたま体の都合でもたらされた三カ月ばかりのこのような生活を、かみしめながら大切に過ごした。まだまだ読みたいものもあるのにとの思いを持ったまま、化学療法を終え、二週間で仕事に戻った。気分が良くなったら、大いに好きなことを楽しんでから仕事に戻りたいとひそかに考えていたのだが、気分がまだ戻らぬうちに仕事に戻ることになったのだった。

七　幼い命をみとる

気分がまだ戻らぬうちに職場復帰した直子は、当初は体力的に余裕がなかった。家に帰れば、ソファーの上で体を横にしていた。それでも、今度のクール後の回復は比較的早かった。

そのため、その夏、直子は三度、信州へ出かけることができた。一度目は友人Ｉの一家と北アルプスの白馬へ、二度目はＩ一家と駒ヶ岳へ、三度目は伊那のＥ夫妻のところへだった。

北アルプスでは、直子は皆と行動を共にするのは無理と思い、タクシーで目的地まで行く予定だったが、タクシーが通らなかったのでバスを利用し、その後一時間ほど歩くことになった。荷物も持たず、一番軽いズック靴ではあったが、幸いその道は大した登りではなかった。何とか無事に歩き終え、自信を取り戻した。

次の駒ヶ岳は、ロープウェイで標高二六〇〇メートルまで上り、残りの三〇〇メートルを歩いてみることにした。老人やサンダル履きの婦人も登っているところだが、直子には大変な道だった。頂上までは無理だったが、かなりのところまで登った。体力的に精一杯だったが、このときになって直子は、山や自然にとりつかれるような気持ちになった。遠くにそして近くに眺める山肌の美しさに魅了された。健康で、時間がいくらでもあった学生時代に、比良山に何回か登ったが、こんなに山にとりつかれるような気持ちになったことはなかった。

夏に山に登った頃から、直子は体力に少しずつ自信を取り戻した。十月頃からは、病院で昼休みに体を横にしたり、夕方帰宅後寝転んでいるということもなくなった。病院では、四階の小児科病棟まで、日に三、四回は上下するのだが、脚を鍛えるつもりで、エレベーターを使わず階段を上下した。日々の生活の中で、体力の限界を感じることもなくなった。昔の自分には当たり前だったことに、今の直子は感謝の気持ちがわき、喜びが感じられるのだった。

古い映画をテレビで放映することがあり、「シェーン」「鉄道員」「ジェーン・エア」などを信夫と二人で見ながら、「ああ懐かしいなあ」と気持ちを共有した。同年齢の配偶者を持ったことを幸せに感じた。このままいつまでも一緒に生きていきたいと、また思った。

仕事に復帰してから直子は、再び時間に追われて過ごすようになった。忙しいけれど、病院でいろいろな疾患に遭遇し、次第に一般小児科医としての自信をつけていった。自分で納得のいくみとりをできるようになったと感じるようにもなった。

この頃、直子は、三人の幼い命を静かに安らかにみとる経験をした。

Nちゃんは一歳三カ月だった。三カ月の頃から乳児肝炎として入院した。途中、肝がんの疑いも濃くなり、結局、肝硬変の状態となっていった。全く消えるようにすっと息を引き取った。

最後の日、半日ほど直子は、ずっとつききりで診ていた。お母さんもお祖母さんも一緒に見ていた。容体が急変したとき、思わずお祖母さんたちの「ああ、安らかやなあ」とため息のように漏れ出た言葉を、直子は耳に聴いた。生と死に、あまり違いがあるように思えぬほど、その死は安らかであった。Nちゃんの生は弱く弱くなっていたのだった。

子を失う母親の気持ちは、どんなにか悲しいであろうが、どうせ救えない命であるなら、せめてこのように安らかに死んでくれたことを感謝しよう。その瞬間、その場にいた者一同、同じ気持ちを味わったのだった。

主治医の直子には、その後、剖検という仕事が残っていた。患者のご遺体を解剖して、病気の状態を詳しく調べるのである。Nちゃんの場合、診断上の疑問が多く、次の子どものためにも、剖検が必要と思われた。家族の同意が得られ、剖検することができた。剖検結果は院内のカンファレンスに出し、症例報告していくことにもなった。

もう一人のM君は小学校六年生。急性骨髄性白血病で、十三カ月の経過で亡くなった。彼の場合は、全く健康と思われていた時期に、偶然に、検血して異常細胞が見つかったのだった。

白血病といっても、子どものリンパ性白血病は当時でも、もう必ず死ぬ病気ではなくなっていた。しかし、骨髄性白血病は薬に対する反応が悪く、ほぼ一年程度の命であろうと予想された。強力な抗がん剤で体を弱らせてしまうのがためらわれるほど、彼は元気そのものだったのだが、放置するわけにはいかなかった。

経験上ほぼ心配なく使えると思える薬をまず使い、幸いにも一度は寛解を来たして退院することができた。しかし、その後数カ月して再び悪化し、二回目の入院となった。今度は薬に対する反応が悪く、次第に強力な薬も使わなければならなくなった。状態が次第に回復不能になりつつある頃、彼が自分のカルテを見てしまったことがわかった。直子自身は、病名を日本語で書いてはいなかったが、カルテの隅々まで見れば、看護記録など病名の書かれているところもあった。彼は、

「カルテを見たけど、英語で書かれていたからわからなかったよ」

とお母さんに言ったようだ。

けれども、その頃から、彼は急にものを言わなくなり、親にも看護師にも直子にも心を開かなくなった。

治療についても、それまで直子は、彼に、次の注射はこういう目的で使うのだということを納得させてから行っていたのだが、どんどん注射が多くなり、本人への説明

もつかなくなっていった。おそらく彼は、自分が死にゆくことを悟っていたに違いない。

ところが、周りは皆うそをついている。この場を何とか頑張って乗り越えよう、そうすればきっとよくなるであろうという雰囲気を作っている。

彼にとってそんなうそは、何と白々しく感じられたことだろう。彼がなんとも悲しげに、物問いたげに見るので、直子は最後の数日は、本当のことを言ってしまおうかと迷った。

彼はお父さんを亡くしていた。

「お父さんが待っているだろうね。M君大きくなったねって言うかもしれないね」と次の世のことでも話してあげる方が喜ぶかもしれないと思った。大人であればそうしたかもしれない。

しかし、小学校六年生の子どもに、死と直面することができるだろうか。特に信仰を持っているわけでもない。自分の子どもについて考えてみると、小学校五年生の明美にはとても無理である。死に対する怖れは、体の苦痛より何倍も恐ろしい。

院内学級の先生に相談してみたが、無理だと言われた。直子は、やはり真実を語るまいと決心した。

いよいよ死が二、三日のうちかもしれないというときになって、再び直子は迷った。せめて彼に「お母さんありがとう」くらいは言わせたくなったのである。

彼は、自分の病気が一向によくならないことに腹を立てていた。死の三日前まで独りで歩いてトイレに行ったのだが、よろけないかとお母さんが手を添えると、払いのけて怒った。お母さんにまで心を閉ざしているのを見るのはつらかった。もう二、三日で死ぬことがわかっていたら、

「お母さん、看病してくれてありがとう」

くらいは言いたかろうと思うと、胸が痛くなった。

死の当日、直子とお母さんとで彼を座らせてみた。さすがにそのときはやっと座った感じで、体も腕もガタガタ震えた。喉の喀痰《かくたん》をとろうと咳払いした途端に、鼻血が噴き出した。

直子は帰宅後も彼のことが気になり、夜の九時頃、病院に電話をした。

「このままだと明け方頃が危ないかもしれない。今夜のうちに一度、輸血をしておいた方がよい」

そのときの看護師にお母さんは、

「大丈夫でしょう。鼻血もきれいに止まっていますし、明日は血小板輸血もしていただく予定ですから」

と言ったらしく、断りの電話を看護師から入れてよこした。

「お母さんの気持ちがそうなら、それでよい。とにかく様子を見ましょう」

と直子は言って電話を切った。それから一、二時間してからだろうか、病院から電話がかかった。

「M君が腹痛と胸内苦悶《くもん》を訴えています」

強心剤の注射と輸血の準備をするよう指示して、直子は病院に駆けつけた。夫に車で送ってもらい、十分ばかりで病棟に着いた。看護師がバタバタ走っていた。

「先生、M君が……。当直の先生に来てもらっているのですが……」

部屋に入ると、当直医が心臓マッサージをしていた。当直医は、

「両方止まっていますよ」

と耳打ちし、直子と交代した。心音は聴取できず、瞳孔も散大していた。直子は心臓マッサージはせず、死の確認をしてお母さんにそれを告げたのみであった。

お母さんは、直子が来るまでの数分間の状態を説明した。「胸が苦しい」と言って目を見開いて苦しがったが、数分のことだったと。全く急な死であった。冠動脈に出血したのだろうか。もうどこにでも容易に出血しかねない状態ではあったのだ。

彼は、酸素テントを用意しても、

「僕は、酸素を吸い過ぎているんだよ」

と言って、酸素テントに入るのを拒否した。苦しい息づかいで酸素テントに入っている日を数日過ごした後の死を予想していた直子は、もう一、二日先だろうと考えていた。

死は予期するより早く訪れるものである。死は来てしまえば、あっけない。特に子どもではそうだ。

それでも、薬の副作用で顔が腫れ上がっていたり、抵抗力が低下して感染を起こし目が潰れていたりといったことが最後にあると、どうせ駄目なら、もっと顔かたちの変わらないうちに死なせてあげたかったと思うこともある。そんなことになるかならないかは、我々の意思の及ばぬところだが、そのようなことが肉親に与える打撃は大きい。

このたび経験した二つの死は、そういう意味では、親たちに打撃を与えることの少ない死だった。医者としてそのようにみとることができたことを、直子は感謝するばかりだった。しかし、不安と孤独の中で死を思っていたに違いない彼に、幸せな気持ちで死を迎えられるよう準備できなかったことに、自分の無力を感じずにはいられなかった。

M君の場合は、お母さんが、

「もう助けてくださいなんて言いません。どうか、楽に死なせてやってください」

と言っていたことが頭に残っていたため、余計な蘇生《そせい》はしなかった。

駆け出しの頃の直子は、白血病の子どもの死でも、少しは心臓マッサージをしようとした。もう自分の力では生きていない命に、心臓マッサージ、人工呼吸をした。それによって命をつなぎ止めるのが不可能だと思い切るのが難しかった。

「どうせあかんのやったら、そんなことして苦しませんでくれ」

と子どものお父さんに言われたこともあった。

「どんなに親切にしてもらっても、最期に間に合わなかった」

と言われたこともあった。

直子は、医者として、自分では誠実に良心的にやっているつもりだった。患者家族と心が通じないと思ったことはなかった。しかし、一生懸命やっても最後が死で終わるときには、親は諦めきれず、何かと病院に不満を持つこともあった。不満を持ったまま帰られるのは残念だった。医者として治療をしっかりやることは言うまでもなかったが、患者と家族が満足するような人間関係を作っていくことも大切で、そのようなことがやっと自然にできるようになってきたとも、感じるようになってきたのだった。

三人目のFちゃんは、九カ月までは普通の健康な子どもだった。九カ月時、腸重積《ちょうじゅうせき》（腸の一部が別の部分に滑り込み、重なってしまう病気。その結果、腸閉塞《へいそく》が起こり、さらに、入り込んだ腸は血流が止まって壊死《えし》し、腹膜炎などを引き起こす）の手術をして、術後高熱から痙攣《けいれん》重積状態となった。以後、寝たきりで、精神的にも全く反応のない状態になってしまった。

一歳を少し過ぎた頃、熱が続くと言って来院した。顔色が悪く呼吸困難が著明で、翌日には黄疸《おうだん》も生じ死亡した。脳脊髄《せきずい》液検査の結果、肺炎球菌による化膿《かのう》性髄膜炎と診断された。全身的な敗血症の状態ではなかったかと思われた。

全く植物状態となっていたFちゃんが亡くなったとき、大勢集まっていた親戚一同は、

「しょうがないじゃないか。家で死んだんじゃなし、病院で先生が診てくださっていて、手を尽くしてもらって死んだんだから」

と両親をなだめていた。

その人たちの、むしろほっとしたとさえ言えそうな雰囲気とは全く孤立して、両親は抱き合って泣き崩れていた。最後まで両親は、何とか助かってほしいと必死だった。Fちゃんが最後に吐血したとき、

「あるいは輸血が必要になるかもしれない」

と直子が言うと、お父さんは血液集めに奔走した。当たり前だが、その姿は、普通の子どもが死にかけているときの親の真剣さと少しも変わらなかった。

その後間もなく、重症心身障害児の施設から、二十四歳の寝たきりの女性が入院し

た。彼女は卵巣嚢腫《のうしゅ》の手術を終え、全快して退院した。この女性患者を見たとき、直子は、Ｆちゃんが生き延びることができたら、将来の姿はこういう状態だったかもしれないと複雑な思いになった。

身近に重い障害者を持つ人の苦労、親が老いていく時期になったときのことなど、問題は多い。障害者の生が一般の人の生より軽んじられてよいとは思えない。もっと大きな目で高いところから見れば、障害者の生も健常者の生もあまり違いはないに違いない。誰しもいつ障害者になるかもしれないのだ。それは、自分が病気を経験してから、直子が実感として感じていたことであった。

特別の人だけが特別な関心を持って障害者の世話をするのではなく、社会の皆が当然のこととして、社会の中でみていくようになっていかなければならないのだ。

八　不安と向き合い転進

その頃、直子は、神谷美恵子の二冊目の著書『人間を見つめて』を読んでいた。自分の考えを代弁してもらっているような感じを受けた。

先に同じ著者の『生きがいについて』を読んだときは、自分の考えていることはすべてこの中に書き尽くされていると思った。このたびは、読んでいくうち、著者自身がどういう覚悟で自分の人生を生きているかがわかった。何がそういう人生観、死生観をとらせているかも、よく理解できた。著者は若い頃、結核にかかって療養し、また最近、がんに冒され、自分の人生がいつ中断されるかもしれないという覚悟で生きていた。

死はいつ、どこに待ち伏せしているのかわからないのであるから、私たちは死を覚悟して生きていくべきものなのだろう。そのほか健康、家庭、職業、すべて人生の特権というべきものは、いつなんどき奪われるかもわからないものだ。ほんとうはこのことをくり返し心に言い聞かせつつ「この世に死んで」生きるべき人生なのだ。

……運というわけのわからないかたちで人びとの人生行路をかえていく。……とすれば、何らかの意味で幸運に恵まれた人、生存競争に勝った人は、不幸な人、不運な人に対して負い目を持っているのだと思う。どうしてこちらではなくてあちらが不幸や不運にみまわれているのか……

いのちのもろさ、はかなさにおいて私たち人間はみなむすばれているのだ。

直子の仕事は充実していた。一方で、直子の体調には異変が生じていた。突然、頭がフッとなる感じに襲われるようになっていた。

ある日、研究会の終わり頃、直子は急に頭が押されるような感じに襲われた。立っていた直子は、倒れるのではないかと思い机に手をついた。瞬間の出来事だったが、その後しばらくは不安状態だった。そのときは、特別の状態に発展することはなく、歩いて帰れた。頭の血管が痙攣しているような感じ、少し長びくと意識を失うのではないかという不安に襲われる発作が、その後も時々起こった。じっと座って待てば、一分足らずでおさまっていった。

ある日、直子が外来の診察中に、この頭がフッとなる発作（？）が起こった。ちょうど机に向かって座っていた直子は、カルテをめくったりして時間を稼いだ。目は見えた。意識もあった。しかし、目の前が暗くなっていくような気がし、不安に襲われた。立ち上がる気になれなくて、別室に移り、二、三分休んでから診察室に戻ろうとしたが、頭がふらついた。別の医師を呼んでもらい、診察を代わってもらった。このまま気を失うのではないかと感じた。

てんかんの発作のようなものだろうか、あるいはノイローゼだろうか。そうであれば心配しないのだが、本当に何かが起こっているのではないか。器質的な問題、脳への転移がありはしないか。ある日突然、意識を失って病院に担ぎ込まれるのではないか……。不安が、悪夢のようにつきまとった。

主治医の田中に相談し、直子は脳波検査と平衡感覚テストを受けた。脳波にも平衡感覚にも異常はなく、まずは安心した。しかし、またあんなことが起こるのではないかという不安が残ったため、自律神経失調と不安に対する鎮静剤を服用することになった。服用していると調子がよかった。

しかし、しばらくすると今度は、両ひざの関節が痛むようになった。下肢に発疹《ほっしん》が生じ、上肢にも広がった。薬疹が疑われたので、服薬を中止した。

主治医の田中は、もう一度、骨シンチグラム（微量の放射線を出す薬剤を注射し、骨への蓄積状態を画像化することで、骨へのがん転移の有無を調べる検査）を撮るよう勧めた。転移がもしあるとしたら、肺か骨への転移の可能性が高い。肺については定期的に胸部X線撮影をし、放射線科で経過を観察していた。骨シンチグラムは、O病院ではまだできない検査だったので、京都の大学病院まで行って一度は調べたのだが、田中は、もう一度行くよう勧めたのだ。田中の不安は、直子には何倍にも増幅されて伝わった。幸い、今回も骨シンチグラムに異常はなかった。

病気との闘いは、なかなか終わらなかった。冬になり、手術部位の腋窩《えきか》に痛みがあり、腫瘤《しゅりゅう》が触れた。再び手術して確認した。結果は、神経の断端が膨らみ、ノイリノーム（神経鞘腫《しょうしゅ》＝末梢神経系の良性腫瘍）になっていたことがわかった。悪性のものではなかった。

自律神経失調か、あるいは更年期障害か、時々頭がフッとなる発作は相変わらず生じた。

だんだん気にしなくなってはいった。しかし、直子にとって、毎日の生活は体力的にやっとだった。四階にある小児科病棟まで階段を上るのは疲れるので、再びエレベーターを利用するようになった。家ではソファーで寝そべることが多くなった。台所の片づけの途中で、下肢がだるくて一服することも多くなった。

郊外に住む義父のところに子どもたちと行くのに、電車を降りた後、バスに乗れば一停留所だが、子どもたちは歩いて行きたいと言った。直子は、

「そんなことしたら後がしんどいから」

と泣き声を出す情けない母親となっていた。


直子は小児科医として、一般小児科については〇病院で三年余の経験を積み、何とかやっていけそうな気がしていた。もちろん、初めて経験する疾患はまだいくらでもあった。これでよいということはないのだが、この辺りで自分のライフワークを見つ

け、それに向けての準備を、本格的にしていきたいと考えるようになった。

Ｏ病院に来たときの目的は、約三年間、ここで小児科医として一般小児科を一通りマスターすることだった。

その間は、忙しくて子どもたちや夫にしわ寄せが行くかもしれないが、どうか我慢してほしい。三年ほど一般小児科の経験を積んで自信がついたら、本来の仕事を見つけて生活を整えよう。それまでの間、無理を許してほしい。

Ｏ病院では、何にも代えがたい経験をした。小児科医として、いよいよ生きがいを感じるようになっていた。死と闘う子どもの姿、病気を持ちながら生きていく（特に小中学生の）子どもの姿、また、子どもの死を迎える親の気持ち。そういうものの中にすっぽり浸かりきって、直子は夢中で何年か過ごしてしまったのだった。できればこのままずっと続けたい気もしていた。

自分の病気は、自分の死に対する不安を伴うものだったが故に、新しい仕事への転向を困難にもしていた。また同時に、自分が、病気と死への直面を経験した医者として、なお一層、死と直面する患者の診療にやりがいを感じるようにもなっていた。ここまでやってきたのだから、この仕事が続けられるなら、このままここでやっていきたい気持ちもあった。

しかし、一般病院の勤務医として、O病院くらい規模の大きい病院でずっと女性が頑張るのは、社会的にも個人的にもかなり困難なように思えた。体も十分健康で、協力してくれる家族があって何とか続けられる仕事だった。直子は個人的には既に、かなり子どもを犠牲にしていた。

子どもが熱を出しても、仕事を休むわけにはいかない。家に独りで寝かせておくことがある。子どもの入浴中に病院から電話がかかり、「行ってくるからね」と言って飛び出す。帰りはいつになるかわからない。悠が玄関の鍵を忘れ、直子の帰るのを駅で遅くまで待っていたこともある。

「悠ちゃんが夕方まで校庭でサッカーを見ていたよ」

と近所の人に言われ、寂しい思いをさせていることに胸が痛んだこともある。

個人的に大変な無理をして、また社会的にも、容易ではないと思われる中を進むだけのことが果たしてあるだろうか。もっと違ったやり方で、個人的にも、また社会的にも、無理がなくて、しかも大切な価値ある仕事を見つけていくべきではないか、と直子は考えるようになっていた。

今のO病院での、その日その日のバタバタ働きで過ごしてしまってよいのだろうか、と思うようにもなっていた。バタバタ仕事の中にも自分なりのやり方はあり、自分なりのやりがいは感じているが、領域を選び、より深く究めて自分の考えで仕事を進めていきたい、と考えるようになっていた。

自分の仕事を考え直したいために、術後三年を過ぎた頃から、直子は大学の研究生の手続きをして、週一度、仕事を終えてから夜九時まで、神経グループの研究会に出席していた。若い人に交じって、再び卒業間もない頃のように議論の輪に入ることは楽しかった。「体が続くかな」という不安と、夫と子どもをまた犠牲にすることを気にかけながらも、忙しい生活に突入していたのだった。

医者になって間もなく、一年間赴任した重症心身障害児施設で重度の脳性麻痺児を診ていたことは、直子の仕事の方向付けに決定的な影響を与えた。直子は、その施設で初めて重度の脳性麻痺を目にして、大変な衝撃を受けた。

直子は小児科医としては、入園児の健康管理と、てんかんへの投薬くらいしかできなかった。その施設の職員たちは、人間性を大切にして園児たちを世話していた。

当時の世間ではまだ、重い障害児が生きていくことに、理解を示さない者もいた。重症心身障害児施設が出来はじめた昭和四十年頃には、

「彼らが何年生きたからといって、彼らが社会に何をするのだ」

と、彼らが生きていることを疑問視する声も聞かれた。

障害児のことは、一般小児科をやる中でも、直子の頭から離れることがなかった。障害児の問題にいつかは自分も取り組むべきだと考えるようになり、未熟児や脳性麻痺危険児のリハビリテーションをO病院内で、自分なりに試みたこともあった。しかし、O病院のような救急が優先される病院で、時間をかけて障害児を診ることは、とても困難だった。

O病院の近辺で脳性麻痺の診療に取り組んでいたのは、京都にあるカトリック系社会福祉法人のY整肢園だった。直子は、時間を見つけてはY整肢園に、脳性麻痺の理学療法や整形外科手術を見学に行くようになった。

当時、Y整肢園では、数名の整形外科医によって、整形外科疾患と共に肢体不自由児に力を入れて診療が行われていた。F園長は、西ドイツ（当時）のミュンヘンで行

われていた脳性麻痺の早期診断・早期治療の方法を取り入れて、Y整肢園でも実施しようとしていた。日本に初めてその方法を導入しようと、ミュンヘンから小児神経科医と理学療法士を招き、講習会が開かれた。

当時は脳性麻痺の原因として、周産期の脳障害が注目されていたので、周産期に脳障害を受けた子どもの脳性麻痺への危険性を乳児期早期に診断して、早期から機能訓練を行うことにより、脳性麻痺への病的発達を阻止できるかもしれないと考えられたのだった。

講習会受講の機会を与えられ、また、F園長からY整肢園への移籍を勧められて、直子は、自分が生きていけるならこの仕事を自分のライフワークにしたいと考えるようになった。術後五年、一応健康状態を保証できる時期を待って、直子はこの仕事に移る決心をした。

直子は、O病院での最後の年には何人もの重症患者を受け持ち、臨終に立ち会うことも多かった。死に冷静に臨むことはできるようになった。親があまり取り乱したり悔やんだりせずに子どもの死に臨むことができるように、子どもの最期を親と共にみとることができるようになった。親が満足し感謝してくれるような死なせ方をすることが多くなった。自分の死も含めて、死というものを考え抜いたように思った。

直子が助け得なかった白血病の子どもたちのお母さん四人が、直子がO病院を辞めるのを知って駆けつけた。自分では子どもの最期をお母さんと共に看取《みと》った気がしていたが、お母さんたちにもやはりそう思ってもらえていたことを感じ、直子はとてもうれしかった。他ならぬ自分が医者をやっていた意味があったかもしれないとさえ思った。

慢性病棟にいたAちゃん、Tちゃん、Sちゃん、みんなが涙ぐんでしまい、ものも言えなくなっていた。長い病を患っている子どもたちにとって、途中で医者が辞めていくのは、どんなに不安だっただろう。辞める理由を問うことはなかったけれど。

自分のやるべき仕事を他に見つけてそれに向かう直子に、迷いはなかった。ただ、この方向転換の気持ちをわかってもらえる人は、ほとんどいなかった。夫も十分には理解していなかった。そんなことは今後の自分の生き方で徐々に理解してもらえればよい、と直子は思っていた。

九　思いがけない誤算

障害児医療に取り組む決心をして、直子は六月から京都の新しい職場、Y整肢園に移った。

Y整肢園では小児神経科部長として迎えられ、小児科医三人で脳性麻痺の早期診断に取り組むことになった。脳性麻痺危険児と思われる子どもに、乳児期早期から機能訓練を行うことにより、脳性麻痺への病的発達を阻止できるのではないか、との思いで取り組んだ。

救急病院でもあったO病院では、障害児医療を行うのは難しかったが、Y整肢園では、一人の患者を一時間以上もかけて丁寧に診察することができた。症状の記録のため写真やビデオを撮ることもあったが、シスターたちの献身的な協力が得られた。収支のことを問われることもなかった。

Y整肢園ではミュンヘンで行われていた機能訓練の方法を日本で初めて導入し、園をあげてこの方法に取り組んでいた。脳性麻痺の発症が心配される子どもが、近畿近辺をはじめ全国から送られて来た。日本に導入されたばかりで注目を浴びていたこの早期治療の方法の試みについて、Y整肢園での成績を学会に発表していくことも、同園の小児神経科部長としての義務であると考えた。直子は夢中になって仕事に取り組んでいった。

ここで思いがけない誤算が生じた。

自分が思う存分仕事をするために、直子は住まいを京都の自分の職場のすぐ近くに移そうと考えていた。実際、友人に頼んで家を見つけることもした。

しかし、住まいを移すことは、直子が考えていたほど簡単なことではなかった。

S県で育ち、ヨットを趣味とする信夫は、湖のあるS県に特別の思いを持っていたのであった。直子と初めてのデートでは「まずはホームグラウンドから」と言ってB湖に案内し、ヨットに乗せた。信夫は転居に賛成しなかった。

明美も度重なる転校を望んではいなかった。

直子は、思春期の子どもを守り、自分の仕事にも存分に打ち込むには、自分の職場近くに住むしかないと考えていたが、自分以外の家族の気持ちを考える余裕がなかったのであった。

住まい移転のことを持ち出しては、信夫と口論にもなった。その時点では家族の同意を得られないとしても、もし、健康上の不安がなければ、強引にでも職場近くに居を移したかもしれない。いつかは家族もわかってくれるだろうと考えることもできた。しかし、皆の同意を得られぬまま無理を通して自分の体の問題が生じたときはどうするのだと思うと、直子は頑張ることができなかった。

子どもたちのことを考えて選んだはずの仕事だった。ところが、住まいを移せないために直子は、朝は子どもたちより早く家を出、帰宅も夜七時半を過ぎることになった。子どもたちをますます犠牲にすることになってしまった。病後の自分が、悪影響を与えたまま思春期に入っている子どもたちを、目の届かない状態で長時間放置しているわけで、毎日が不安でいたたまれなかった。

やっとライフワークを手にしたと思ったときから、人生で最も苦しい時期が始まったのだ。

直子が医者として生きることを選んだのは、娘時代に十分考えた結果だった。まだ女性が仕事を持って生きることが当たり前ではない時代だったが、夫に依存する生き方ではなく、女性も主体性をもって生きるべきだと直子は考えていた。少し前までは、女性が仕事を持てば独身を覚悟すべきだったが、ちょうどその頃から、働く女性の中でも「仕事も家庭も」との考えが出始めていた。

直子は医者になってすぐ、大学の同級生の信夫と結婚した。幸運にも良き夫に恵まれ、自由な人間として生きながら、それと矛盾しないで家庭生活もごく普通に営むことができた。そして、もうどこにも不安も怖いものもないと思って生きていた。自分の生き方を持っているから、夫や子どもにしがみつかないで、老後も自由に豊かな趣味に埋まって、楽しく一生を過ごすことができると思っていたのだ。それは全くの思い上がりだった。

人間の健康、人の命が百歳まで保証されているものでないことを、考えてもみなかったのだ。自分が病に倒れたとき、それまでの考えの全てが崩れ落ちた。

そして今、何とか病から立ち上がり再び歩き出したものの、絶えず生命に対する不安が、大空に広がる雨雲のように、生きる力を覆い包もうとする。雨雲の広がる恐怖におののきながら、わずかに残る青空に望みをつないで生きる道を探しさまよう。人間の生きる姿は、やはりそのようなものだったのだ。

かつて青年時代には、虚しさ、孤独、不安を日々切実に感じながら生きていたのだが、結婚後は全くそれを忘れていた。夫の優しさと子どもたちの愛らしさに心を満たされ、ここ数年は、不安を抱くことも問い直すこともなかった。竜宮城の浦島太郎のようだった。人生において人間は、やはり不安から逃れることはできないことを、再び思い知った。


夫は研究者の道を選んでいた。彼こそは独創的な研究のできる人であると、研究者にふさわしい信夫の資質を直子は大切に思っていた。自分より信夫の仕事を最優先すべきものと考えていた。

自分にとっても仕事は大切なことと思ってはいたが、しばらくは牛の歩みでも仕方がない、子育てが一段落したら頑張ろうと思っていた。自分の仕事のために子どもを犠牲にしてもよいと思ったことはなかった。

結婚後十年、とにかく忙しかった。いつも時間に追われていた。子どもの運動会に

は、仕事の合間に駆けつけ、子どもを探すと、

「来たからね」

と声をかけるだけで、競技を見ることはできず、急いで職場に戻るといった具合だった。子どもに十分なことはできていなかったが、自分なりに精一杯のことはしたつもりで、幸福感に満たされて不安なく生活を送っていたのだった。


まさに青天の霹靂《へきれき》だった。

三十五歳で乳がんになり、直子は動転した。


夫に依存して生きている場合には、結婚に破綻を来したり、夫を早く亡くしたりといった落とし穴もあるけれど、主体性をもって生きていれば怖いものはない、と直子は思っていた。しかし、そんなに若くして自分が死に至るかもしれない病を得るとは、思ってもいなかったのである。

診断が多少遅れ、治療が大がかりとなったことなどで直子は、死を近きものとして意識せずにはいられなかった。正常な心理状態とはいえなかった。

それまで直子は、よき妻、よき母でありたいと思っていた。しかし、もし自分がそう遠くなく死んでいくのであれば、自分がいなくなったときに子どもたちや夫が困らないようにしなければと思った。

まだ、何かにつけて「ママ、ママ」と言う子どもたちに、

「親はいつまでも生きているわけではないのだから」

と言って引き離そうとし、自分は身を引くことばかり考えた。子どもたちにはまだまだ母親が必要なのに、母親の役を果たせなくなった。直子は子どもたちにとっては全く不可解な母親になってしまった。

「自分は、よい母、よい妻としての印象を残さない方がよいのだ。次に来る人に、前の母や妻以上を求めて満足できないだろうから」

と考えたりもした。子どもたちを、数年しか見ていることができないならなおのこと、見られる期間に少しでも接しておくべきだったのだが、早く親離れさせようと焦ってしまったのだ。当然、子どもたちは不安定になっていった。

がんに対するいろいろな治療のうち、直子が最も苦しかったのは、ホルモン療法だ

った。卵巣機能を抑えるために男性ホルモンを服用したため、三十代で閉経を迎えたのだが、そのことは問題ではなかった。最も苦しんだのは、母性的な感情を剥奪《はくだつ》されることだった。それまでの直子なら、幼子を見ると「まあ、かわいい」と抱きたくなったものだ。そういう感情がわいてこないのだ。男の人への拒否的な感情も生じていた。

声は急に一オクターブほど下がってしまった。自分で出そうとする声が思いがけない声になってしまうので、歌が歌えなくなった。子どもの頃から合唱を楽しんだ直子には、歌えないのは悲しかった。

頭がフッとなる発作は時々起こり、不安を伴った。極度の更年期障害と思われた。他の人に気づかれないようにして不安に耐えた。

脱毛で髪が薄くなり、かつらを使った時期もあったが、それは直子には大したことではなかった。

転移については、五年間問題がなければ大丈夫と一応は考えるのだが、五年経てば絶対大丈夫ということではないことはわかっていた。術後六年して、既にY整肢園に移ってからだが、頚《くび》のリンパ節が腫れて主治医を訪ねた。主治医は心配げに「試験切除」しましょうと言った。組織検査の結果は悪性のものではなく、リンパ節転移ではなかったのだが、ヒヤヒヤすることはその後も続いていた。

それでも信夫に支えられて何とか闘っていたのである。結婚以来、夫と気持ちを分かち合うことで孤独を忘れていた。娘時代に感じていた厳しさはなくしていた。夫と多少の気持ちのずれがあっても譲ることのできないものではなかった。

しかし、このたびの住居移転で夫の理解が得られなかったことでは、動転し苦しんだ。無理に自分を通してしまってもいつかはわかってくれるに違いないと思いながらも、それ以上に病気への不安が大きく、それができなかったのだ。

十　子育ての躓《つまず》き

直子は、内気なおとなしい女の子だった。六歳で終戦を迎え、貧しいながら戦後の民主的な教育を受け、日本が急速に復興・発展していく時代に成長した。

昭和三十三年（一九五八年）高校卒業の頃は、まだ女性が必ずしも大学に行く時代ではなかった。当時の理想的女性像は「良妻賢母」だった。直子が大学進学について迷っているとき、高校の教師から、

「大学に行くことにより、社会の常識などにとらわれず、自分の頭で考え判断できるようになる」

と言われた。大学に行く意味がわかり、直子は進学を決めた。世間の様子を見たり、いろいろな文学を読んで、家庭のためにのみ尽くす女性の生き方には疑問も抱いていたのだった。

直子は大学に入って早々に、六十年安保闘争に遭遇した。高校時代には社会に目を開かれていなかったので、戸惑いながらデモについて行った。

学生時代には、今まで全く気づかなかった広い世界に目を開かれ、いろいろ新しい経験をした。その前半は、直子には自分探しの時期だった。受験勉強の時期にはお預けだった文学、特に西洋文学を読みふけった。ドストエフスキーの「カラマーゾフの兄弟」は、何日も授業に出ないで読み続けた。

あるとき、友人が読んでいたボーボワールの『第二の性』を直子も読んでみた。大学の一般教養科目でドイツ文学を選択した直子は、ゲーテに心を寄せていた。また、シュワイツァーの考えに惹《ひ》かれていた。そうしたそれまでの考えを、根本から覆される思いだった。女性も主体性を持ち、実存の苦悩を引き受けて生きるべきという考えに、うなずかざるを得なかった。女性も社会的な仕事をして生きていくのは当然のことで、依存的な生き方は許されないと思うようになった。

医師という仕事は具体的であり、社会に役立つことができそうに思えた。直子は最終的にその道に進んだ。医師としては、迷うことなく小児科を選んだ。子どもが好きだったというより、兄弟の多かった直子は、兄弟への母性的な思いを持ち合わせていたためだった。叔父は女性に適した科として眼科を勧めたが、直子は他の科を考えてもみなかった。

医者になってすぐ、同級生の信夫と結婚した。直子はそれまで、人間は元来孤独なものと思っていたが、信夫に出会ってから孤独感は消え失せ、毎日幸せ感でいっぱいになった。

すぐに子どもが出来て、子どもの愛らしさにも夢中になった。娘時代に悩んだり考えたりしたことなどは、もう問題ではなくなっていた。娘時代のように、悩んだり、反省したり、祈ったりということはしなくなった。毎日やらなければならないことが目の前に山積して、考えている暇もなかった。多忙を極め、余裕のない生活だったが、その生活に疑問を持つことはなかった。

仕事と家庭の両立は大変だったが、自分たちの世代の女性の課題だと思い、頑張ろうと思っていた。

ただ、思いもかけなかったのは、三十代でがんに冒され、死を間近なこととして考えざるを得なくなったことだった。それでも、夫に支えられて病気と闘うことができた。自分が母親になってから、子育てを心から楽しんでいた直子は、自分が子育てで躓《つまず》くなどとは思ってもいなかった。

第一子である明美を産んだときには、子どもがこんなに可愛いものかと思い、また自分の母に感謝する気持ちがこみあげてきた。子どもの成長に目を見張って、幸せな気持ちで子育てに没頭していた。母乳を飲ませていたので、仕事に出にくくて産休を長めにとっていたところ、四カ月過ぎたとき、教授から呼び出され、

「あんた、まだ休んでるのか」

と言われた。

当時は、産休は産前産後六週間だった。しかし、小児科医である直子が、初めての子どもを少しでも自分の手で育てたい、母乳で育てたいと思っていた気持ちは、上司も理解し、勤務形態を出産までは臨時扱いとし、産後出られる状態になったら常勤にすることで病院も了解していた。教授は、大学関連病院に派遣したはずの教室員がそのようなことになっていることを知り、早速呼び出しをかけたのだった。

驚いた直子は、翌日、姑に子どもを預けて出勤した。余るほど出ていた母乳が、そ

の日からピタッと止まった。直子は、我が子をもう少し自分の手で育てたいとの思いを抱きながらも、保育所に預けるなどして、子育てと仕事を続けることになった。

明美がくり広げる幼子の世界は、直子を夢中にさせた。

夜空を眺めながら、

「キラキラとって！」

「お星様はとれないよ」

「くっついてるからとれないの？」


毎日配達されるヤクルトの小さな瓶（ヤクルトの容器は当時はガラスの瓶だった）を円く並べて歌っていた。

「カーゴメカゴメ……」

ある朝、ヤクルトを玄関に取りに行って、瓶を落として割れたことがあった。

「あら、落として割れたの？」

「二つのお手てで」

両手でしっかり持っていたことを、片言で説明しようとした。

毎日毎日の生活の中に愛おしさがあり、幸せな日々だった。


直子は、明美には、新しいこと一つ一つを丁寧に教えて育てたため、明美のことはすべて理解できるつもりでいた。

直子が病を得たとき、明美は小学校三年生だった。もともと用心深く内気だった明美を、大切に、しかし外へ向かって押し出すように育てていた効果があってか、友達の多い明るい素直な子どもに育っていた。

しかし、直子は、病を得てからは、自分がいなくても生きていける子どもにしなくてはと焦り、意識的に子どもを突き放してしまった。また、自分の体が思うようにならず、子どもの前でも寝転んでいることが多かった。

直子が自分の体のことで苦しんでいる間に、明美は思春期に入っていた。背丈も母親を追い抜き、体格もよくなっていた。精神的には不安定になり、自己を強く主張するようになっていた。そして、内から涌《わ》き出るエネルギーは学業やスポーツには使われず、歌謡曲に熱中していった。直子は驚いた。

明美が歌謡曲に熱中した理由は、四十年も後になって直子の知るところとなった。明美は小学校の入学式を経験せず、帰国子女として、小学一年二学期の途中から、京都の小学校に転入した。

二年後、直子の病のため、三年生の二学期からO市の小学校へ転校した。新しい学校にすぐにはなじめず、友人もできずに苦しんでいた。直子は、自分のことに精一杯で、子どもが転入校になじめない悩みを抱えていることに思い及ばなかった。そのような雰囲気を漂わせている母親に明美は、悩みを打ち明けることはなかった。その時期、やっと新しい友人と親しくなることができ、明美は救われた。その友人は歌謡曲が好きであった。二人で歌手に夢中になった。歌謡曲に夢中になることで救われた。勉強などより歌謡曲の方が大事であった。

あるとき、明美は、山口百恵の「秋桜《コスモス》」という曲を直子に紹介した。明美にこの時期、歌謡曲よりもっと学業に打ち込んでほしいと思っていた直子は、歌手のことも曲のことも知らなかったのに、

「山口百恵は歌は上手でないね」

と言ったのだ。

そのとき以来、明美は直子に反抗するようになった。

直子は後で知った。山口百恵は立派な歌手であり、歌は上手だった。「秋桜」は、さだまさし作詞・作曲で、歌詞は娘の母への感謝の思いを詠《うた》っているものだった。この曲を母親に紹介しようとしていた明美の気持ちを踏みにじり傷つけてしまった。何とひどい親だったたか、と直子はいたたまれない気持になった。

しかし、発してしまった言葉は後戻りできない。

明美に対してはどんなことも可能に思えたその頃の直子は、明美に高い望みをかけるばかりで、明美の小さな夢の芽生えを摘み取ってしまっていた。歌手とか看護師など、明美がなりたいと言い出すものにことごとく難点をつけて、やる気をなくさせていたのだった。

ここで、心療内科の創始者・池見《いけみ》酉次郎《ゆうじろう》の著書『自己分析―心身医学からみた人間形成』（講談社現代新書　一九六八年）に引用されている、カール・ギブランの詩を記さねばならない。

あなたの子どもは

あなたの子どもはあなたの子どもではない
子どもは「生命」の渇望からの子どもである
子どもはあなたを通ってくる
しかしあなたからではない
子どもはあなたとともにある
しかし子どもはあなたのものではない

あなたは子どもに愛を与えることができる
しかし考えを与えることはできない
子どもは自分の考えをもっているのだから
あなたは子どもの体を動かしてやれる
しかし子どもの心は動かせない

明美は、直子を夢中にさせる怜悧《れいり》な、しかし素直な、やりやすい子どもであったが、直子が思い通りにできるものではないことを知るべきだった。

「私はママとは違うんだから」

と明美は反抗するようになった。直子がものを言うだけで拒否的になった。親に反抗することのなかった直子には、明美の反抗はこたえた。

直子は自分が高慢だったことに気づいた。また、病後の自分が子どもに好ましくない親であったことがいろいろ反省され、これからゆっくり修復していかなければと思うようになった。しかし、反抗的になっている明美にうまく寄り添うことができないまま、時はどんどん過ぎていった。

ホルモン療法のため、極度の更年期障害が生じていた。目まい、耳鳴り、呼吸困難、不安感、気が狂うのではないかという不安感さえあった。精神科を受診しようかと何度も思った。

信夫にも、その苦しみは部分的には話していた。しかし信夫は気持を逸《そ》らそうとするばかりだった。いつ来るかもわからない死についても、家族と真面目に話し合いたいと思うのだが、直子がそういう話をし出すと、信夫も子どもたちも嫌な顔をした。

病人に対して、専門家による心のサポートはぜひ必要である。優しい家族であっても、病人の心理を理解するのは無理な場合があるのだから。

十一　友人に娘を託す

一年九カ月の間隔で第二子悠を出産したときには、直子は産後すぐ職に復することばかり考えていた。仕事を続けようと思えば、ゆったりとした子育てなどしていられないことを、第一子のときの経験から身にしみて感じていたからである。

要領よく人の手を借り、早くから保育所を利用した。悠は保育所で手のかからない優等生だった。彼女は生まれたときから世の中を自分の力で生きてきたような、たくましい子どもになった。忙しい親にはありがたかったが、親がびっくりするようなことをすることもあった。親たちとはやや異質とも思える面を持つ悠を、直子も信夫も、大変楽しみにして育てていた。

悠は、大人にも物怖じしないで自分の考えを述べるが、親には心配をかけないように立ち回っているところがあった。放課後、校庭でサッカーを見ていたと、近所の人から言われ、寂しい思いをさせていると直子は胸が痛んだが、悠が自分から「早く帰ってきてほしい」と言うことはなかった。「自分はちゃんとやっているから大丈夫だよ」と、いつも親を安心させていた。

親の手が回らなかったからか、悠は一見、しっかりしている子どもだった。周りの人も、

「さすが立派なお母さんの子ども。お勉強もよくできるに違いない」

と口をそろえて言った。

悠は、悪い気もせず、自分でもそのように思ってしまったのかもしれなかった。直子は、自分は立派でもないのにそのように言われることを、とても迷惑に思ったが、そのたびに否定するのも面倒で、聞き流していたこともあった。そのように言われることを、もっともっと警戒すべきだった。

悠は、能力的には、得手と不得手のでこぼこのある子どもだった。算数は得意だったが、漢字は苦手だった。後になり、期待されるような自己たり得ないことに挫折感を味わい、母親を恨んだに違いない。普通の母親だったらこんな思いをしなくてよいのにと。

小学校は明るい雰囲気だったが、中学校は当時、親も緊張を感じるくらい殺伐とし

た雰囲気だった。制服の決まりを守るよう厳しく注意された。スカート丈が長くないか、胸のリボンの結び方（蝶々の羽を小さくしてリボンを長く垂らしてはいけない）、靴下は白（せいぜい一本線かワンポイントの模様までが許される）など。服装の乱れから非行化が始まるので、親も気をつけておくようにと言われた。

そのような雰囲気の中でも、明美のときは心配しなかったが、型にはめにくい悠のような子がその中で無事にやっていけるか、直子にはとても気がかりだった。そのような状況の中、仕事のために子どもを長時間放置していることは、気がかりで仕方がなかった。

荒れていた中学校で、悠は不良グループから目をつけられたようだった。外見は不良っぽくて中身はしっかりしているというのに、悠は憧れたようだった。しかし、中身だけ別というのは難しいことだ。規則を逸脱したといって、親が学校から呼び出されるようにもなった。

悠は、学校に行けなくなっていった。父や母がどんな愛情で包み込もうとしても、悠はそれを素直に受け入れることができなくなっていた。直子は、悠がこんなに追い詰められていることにうろたえた。

自分の子どもが、思春期に躓いている。自分がこんなにも愛し、そのために生きてきた子どもが、そのような状態になっていることに、直子は気も狂わんばかりとなった。

勤務先が変ってからは、直子は子どもより早く家を出て、帰りも遅くなり、家を空ける時間は一層長くなっていた。直子の仕事への興味はぐんぐん強くなり、仕事にのめり込むようになっていった。系統発達の観点から人間の個体発達を眺めるようになり、人間の姿勢・運動発達に魅了されていた。

自分の通勤に一時間半以上、道路が混めば二時間かかるとしても我慢はできる。しかし、自分を待っている間、子どもたちがどのようにして過ごしているかを考えると、直子は不安で仕方がなかった。母親が五時半、六時に帰るのと、七時半、八時に帰るのとでは全然違う。家を仕事場近くに移したいと何度も信夫に告げ、執拗《しつよう》に主張したために、信夫とは気持ちの上で溝が出来ていった。直子や子どもたちのことを信じきっていたのか、信夫は、問題を深刻に考えていなかった。

自分自身が体のことで苦しみ、気持ちの焦りで、明美を不安定に、またひどく反抗的にしてしまったことについては、時間をかければ修復していけるだろうと考えることができたが、悠についてはどのように対処していけばよいか、直子にはわからなかった。

直子は、昔からの友人E夫妻に相談した。E夫妻とは、悠が生まれた当時、京都で同じアパートに住んでいた。E夫妻は、悠が赤ん坊の頃、保育所を補って悠を預かることがよくあった。公衆衛生を専攻する医師のE氏は、大学で教鞭《きょうべん》を執っていた。E夫人は、保育士の資格を持つ人だった。そのときも京都に住んでいたのだが、事情を話すと、

「私たちが預かりましょう」

と言った。うなだれている直子に、

「悠ちゃんは、絶対大丈夫だから」

と言った。

悠は転校してE夫妻の元で中学に通い、理解ある担任にも恵まれた。それまでとは

また違った友人も得ていた。家庭的に恵まれない子どもや、中国残留孤児の母親の子どもなどだ。E夫妻にも見守られながら、人間の幅を広げていったには違いなかった。勉学に向かうところまで期待することは無理だったが、無事に中学を卒業した。

直子は、悠を週末に迎えに行き、また日曜夜にE夫妻の元に送り届けた。悠を送った帰りの車の中で、いつも涙が出た。直子は魂の抜け殻のようになっていった。

ピアノでイルカの曲をポツリポツリ弾いた。あまり下手なので明美が驚いた。

「ママ、ぼけてきたのと違うか」

「そう、ぼけてきたのよ。だんだん……」

頭の回転が鈍くなっていた。考える力がなくなっていた。人生に疲れていた。ゆっくり休みたいのだが、家庭も職場の立場もそれを許してくれなかった。

この数年は直子にとって、地獄のようだった。がんとの闘いには負けなかった。しかし、数年後、がんを経験した直子が人並みの生活を続けるのは大変だった。心理状態も正常とは言えなかった。直子の生活は、完全に破綻を来していた。信夫はそこまで深刻には考えていないようだった。直子は信夫に理解してもらおうと懸命だった。

理解してもらおうと努力している間に、子どもたちは犠牲になっていた。望み通り、職場の近くに住まいを移し、家庭と仕事を両立しやすいようにしていれば、こんなことにはならなかったのではないか。子どもをみてやれないで働くつらさを、我慢すべきではなかったのだ。直子に悔しさがこみあげてきた。

やり直すことができるなら……。

結婚以来、信夫は直子の言うことは何でもきいてくれた。困ったときはいつも助けてくれた。世渡りの上手な人ではなかったが、世間とのつながりは直子が補っていけばよいと思っていた。

並外れて人が良く誠実な彼は、何事も得になる方を選ばず、損になる方を選んでいくような人だった。直子は大抵得な方を選び、人生を楽しく過ごしてしまう人間だ。人を信頼し、人を頼り、人に甘えて生きていた。信夫は、人に甘えず、用心深く、結局のところつらい思いもして生きていく人だった。世間並みと思える直子の生き方が、信夫の実直な基準から見れば、図々しいように思わせられることもあった。世間一般はそうではないと、直子は信夫に、もっと楽な普通の人生を案内しようとしていた。しかし信夫はそれにはついて来なかった。

直子は今まで夫に逆らうことはほとんどなかった。夫をどこまでも立ててきた。でもこれでよかったのだろうか。犠牲はあまりに大きかった。

直子は、もう子どもたちに手が届かなくなっていた。あまりに悲しくて、世の中で生きていくだけの力がなくなってしまった。何にも関心が持てなくなってしまった。どうか助けてくださいと祈ることしかできなかった。

中学を卒業後、悠は世の中に出ることを望んだ。就職したが、すぐに辞めた。幼い頃から、親に世話をかけず、自分の力で生きようとするたくましさはあったが、まだまだ親の庇護《ひご》の下で、少しずつ世の中を知っていかなければならない時期だった。糸の切れた凧《たこ》のように世の中に出て十五歳の少女が見たもの、経験したことは、何だったのだろう。

十二　苦悩のとき

三十代の終わり頃、直子は絶望的な気持ちになっていた。

直子には、理想の家庭像があった。実際には、夫の性格により、直子の理想とはまた違った、しかし楽しい潤いのある幸せな家庭を手にしていた。

歯車が狂い出したのは、直子の病気の後である。闘病中の直子を信夫は献身的に支えた。発病後数年、直子は以前にも増して日々感謝して過ごしていた。苦しくなったのは、その後である。

病後の身が、病身として暮らせない苦しさ、体力の衰えだ。そして、ホルモン療法による母性剥奪の不安、更年期障害。仕事から帰れば、寝転んでいないと体が持たない。子どもたちは、母親を怠け者と見るだろう。辺りが散らかっているのを気にしても体が動かず、子どもに手伝いを強要してしまう。仕事場でも、いつまでも病気だからと言ってはいられない。目まいや、体の不安を感じても口に出さず、普通の人間として振る舞いたくなる。要らぬ虚勢を張らねばならぬつらさ。

そのような体力の衰えにもかかわらず、生きるに値すると思える仕事を手にすることができた。しかし、切羽詰まった気持ちで打ち込んでいく仕事に対する気持ちを、夫や子どもたちには、十分わかってもらえなかった。理解を求めるのが無理なことだった。どうしようもなかった。

信夫に引っ張ってもらって広がっていったスキーやスケートの楽しみも、体力が衰えてきてからは、家の中をほったらかしにしてまでも出かけたくないと思うようになっていった。夫や子どもたちがそれで楽しんでくれれば、自分は家の中を片づけて待っている方がよいと、気持ちが内に向かうようになった。年の暮れは、日記やアルバムの整理をして、静かに迎えたいと思うようになっていった。

いよいよ直子は、E夫妻の世話で、信州に山小屋を建てることにした。今の世の中にあくせくして生きることに疑問を抱いていた。自然の中に自分も仲間入りして、自然の一員として生きていたい。晩年は、自然の中で独りひっそり暮らしたいと思った。しかし、その気持ちは、家族にはわかってもらえなかった。

直子は、実家の母に自分の気持ちを電話で話した。

「人にはその人の考えがある。他人から見てどうであろうと、その人にとってこの上なく大切と思われることがあるのは理解できる」

と母親は言った。山小屋については、全く自分独りの考えで事を運ぶことにした。信夫には迷惑をかけたくない。夫や子どもたちに迷惑をかけず、晩年は自然の中でひっそり暮らしたいと直子は思った。


Y整肢園で働いているシスターたちの生活で、直子が最もうらやましいと思ったのは、黙想の時間を、何よりも優先して確保することだった。黙想の時間が来れば、仕事を中断してでも祈っていた。直子は、自分にも黙想の時間がほしいと思った。一日に何分かの祈りの時間がほしかった。

もう少しゆっくりした生活がしたかった。内からのエネルギーが燃えてくるまで、少し待ってほしかった。直子は疲れていた。人生が、こんなに追い立てられるようにして過ぎていくものであってよいのだろうかと思っていた。

仕事を持つ身のつらさをつくづく感じていた。人生がつらいとか、疲れるとか感じて生きていた時期は、直子の人生で多くはなかった。忙しくはあっても、多くの場合、未来に向かって開かれ希望に満ちていた。しかし、この時期には、生きることがつらく不安でいっぱいだった。子どもの将来のことなど考えて気が滅入った。

そんなとき信夫にその気持ちを話すと、杞憂《きゆう》と思えたのか、信夫は不機嫌になった。困難にぶつかったときこそ二人で力を合わせていくべきだと思ったのに、信夫とはそれができなかった。

社会的な役割というものは、自分が全力投球して果たしていくべきことだと思うのに、体力が衰えていた直子は、ほとんどの時間を家事に費やしてしまっていた。仕事の整理や準備は、片手間に果たしていかねばならない状態になっていた。直子には絶対的に時間が足りなかった。

一日三時間家事を手伝ってくれる人を雇えば、直子の時間を三時間生み出せるのだが、そのことは家族にはわかってもらえなかった。夫も子どもたちも、他人が家に入ることを望まなかった。やっと台所の片づけを終えて、さあ少し机に向かおうとするときは夜中の十二時。明日が待っていると思うと、眠らざるを得なかった。

自分の人生で最も苦しいと感じた数年、人生の後半に入ったことを感じ、人生の悲哀を感じてもいた数年、直子が心の平安を得るためには、どうしても祈ることが必要だった。宗教を持たない生活ではあるが、直子が抱いていたのは宗教心以外のものではなかった。

朝晩、神に感謝しつつ過ごす環境を与えてくださいと直子は祈った。

友人の奥さんが亡くなったり、先輩の奥さんが亡くなったり悲しいことが続いた。四十代に入り、人の世の悲しさ、苦しさをつくづく味わわされた。自分の体の不安、精神の不安、そして何より、自分ではどうすることもできない流れへの無力感……。もう直子には、祈ることしかできなかった。

直子は、自分を何か大きなものに捧げたいと思った。神でも仏でもよい。自分は、神よりかくあらしめられているのだと信じることができたら、どんなに幸せだろうと思った。

直子がそんな話をすると、信夫はいつもいらいらした。次元の異なったところにいるように直子には思えた。信夫も、人間を超越したものへの怖れを持つ人ではあったのだが。直子は結婚以来忘れていた孤独感を再び味わうことになった。神に祈り、仏に感謝して生きる日々を求め、自然の中に溶け込んで生きることを熱望した。

その頃、直子の弟が、胃潰瘍《かいよう》の手術後の腸閉塞で、三十九歳で亡くなった。病院の対応に疑問も残った。自分が関わってやることができないまま死なせてしまったことを、直子はいつまでも悔やんだ。

二つ違いの弟は、大学で東洋哲学を専攻し、卒論では親鸞《しんらん》をテーマにしていた。直子が最もよく話をした相手だった。病院に見舞ったのは、死の十日前で、術後の経過は順調のように思えた。帰り際、弟の顔があまりに柔和なのを、直子は気味悪く思ったのだが、その翌日から腹痛を来していたのだった。術後の腸閉塞を何日も放置された後、再手術して腸は戻したが、一般状態が悪化して手術室で亡くなっていた。

腹痛の苦しみの中で、彼は母親に手を合わせ「南無阿弥陀仏」を唱えたと、亡くなった後に直子は母親から聞いた。彼は阿弥陀如来に迎えられ極楽往生できたものと願うのみである。

親兄弟は交代で彼を見舞っていたが、直子への連絡は、思いがけず亡くなってしまってからだった。実家の者たちは「直子は忙しいのだから」と、いつもギリギリまで心配事を知らせてこなかった。

直子は、自分があまりにも多忙を極め、余裕のない生活をしているのは問題だ、と考えざるを得なくなった。

十三　さらなる進路変更

Y整肢園に移って四年目、直子は母校の大学教授から呼び出された。教授は、

「今やっていることを、S県でやってくれないか」

と言った。県立の整肢園（Sセンター）が近未来に県立の小児病院に発展する予定なので、今そこで基礎を固めておいてほしいということだった。Y整肢園には当時三人の小児科医がいたので、一人をS県に回せば好都合と教授は考えたのだった。

直子はY整肢園に行ったとき、生涯そこで仕事をする決心をしていた。また、Y整肢園には大学からの紹介で行ったのでもなかったので、直子は教授の言葉に戸惑ったが、逆らうことはできなかった。直子は、O病院の院長からも呼ばれ、

「S県に帰って来てくれや」

と言われた。

S県では、発達に問題のある子どもを早期に診断し早期に療育しようと、全県的に

取り組んでいた。直子は元々、O病院でS県内の子どもを診てきたわけだから、Sセンターで県内の障害児を診ていくことは、自分にふさわしいと思える仕事ではあった。

こうして直子は、Sセンターに移り、理学療法士などSセンターのスタッフと共に、また県内の保健所の保健師たちとも協力しながら、新しいやりがいを感じて仕事を始めることができた。

Sセンターには県内の病院から、低出生体重児や周産期の問題で後障害が心配される子どもたちが送られて来た。また、保健所からも健診で発達に問題があると思われた子どもたちが送られて来た。新しく生まれてくるS県の子どもたちみんなが、正常発達をたどることを願いサポートしていくのは、やりがいのある仕事だった。

Sセンターの理学療法士たちは、脳性麻痺危険児にはY整肢園でしているのと同じ手技の機能訓練を実施していた。脳性麻痺危険児の早期治療の成績を、S県という地域でまとめていくこともできそうに思えた。

数年前に直子がO病院で、乳幼児期に診ていた子どもたちと、Sセンターで再会することもあった。

県内の障害を持つ子どもたちと保護者たちに寄り添って、彼らに必要なことを考えていくことが、直子の新しいライフワークとなっていった。県内のほとんどの、脳性麻痺を中心とした障害のある子どもたちを把握することができる立場にあった。直子は、ここで腰を落ちつけて、時間をかけて、「S県の脳性麻痺の疫学」をまとめていきたいと考えるようになった。これこそが自分にとって、天職と思えるようになったのだった。


直子は、Sセンターの仕事を充実した気持ちで続けていた。しかし、やはり自分には時間的な余裕がどうしても必要と感じた。

Sセンターに移って二年後、直子は教授のところへ、家の都合で自分の勤務状態を非常勤にしたいので、Sセンターに医師を派遣してほしいと申し出た。Sセンターの仕事は続けてやっていきたいが、時間的な余裕がどうしても必要と思ったのだ。

大学からは、若い小児科医が交代で派遣されて来ることになった。Sセンターの特殊性を学ぼうとする気持ちで赴任して来る優秀な若い医師たちに助けられて、直子にはありがたい日々だった。やがて、Sセンターに小児科医が常勤でも来るようになった。次第に小児科医の人数は増加し、小児神経科として充実したものになった。そして、数年後、県立小児保健医療センター、いわゆる県立の子ども病院に発展していったのだった。

直子は、若い医師たちの理解を得て、非常勤としてずっとSセンターで障害児を診ていくことができた。そして、S県の脳性麻痺の疫学について、学会で発表を続けていった。

四十四歳を過ぎた頃、直子は発達心理学者エリク・H・エリクソンの『幼児期と社会』(仁科弥生訳)を読んだ。アイデンティティーの確立のために、人が幼児期から青年期までどんなに母親や社会の影響を受けるかを知るとともに、自分がいかに無知だったかを恥じた。もっと早く、子育ての前に読みたかったと思った。

同著には、青年期の同一性の危機は、よい方向に進めば自己実現を果たしていくが、幼児期の母子関係に欠陥があった場合や、青年期に出会う価値が矛盾していたり、不適当だったりした場合には、同一性の混乱が長引き悪化すると指摘されていた。しかし、悪化した同一性の危機は自己統合の一過程であって、最終的にはよい方向へ向かうと想定されていた。

悠の場合は、その青年期の同一性の危機にあると思われた。青年期の早期から放り出されてしまった社会の中で混乱したであろう悠のことを思い、また、まだ女性が子育てしながら働くことに社会の理解がなかった時代に、仕事を続けるために子育てに手抜きをせざるを得なかった自分を反省し、直子は祈るような気持ちで、悠の成長を待つしかなかった。

その後直子は、池見酉次郎の著書に出会った。『愛なくば』『心療内科』『続心療内科』『自己分析』『自己統制法』『セルフコントロール』『心身セルフコントロール』『幸福の医学』……何冊読んだだろう。

人が普通に生きていくことなど当たり前のことだと思っていたのだが、決してそうではない。いろいろな問題が、身体的に、精神的に、社会的に、健康で幸せに生きることを困難にしているのだ。

直子は自分の生育歴を振り返り、性格について考えを巡らせた。直子の場合「こうあるべきだ」という考えが強すぎて、自分の心に素直に自由に生きるということがなかったのではないか。このような母親の元で育てられた子どもたちは、何と窮屈だっただろう。明美は、それを常に態度に出していた。敏感で母の期待に添おうとした悠の方は、破綻を来たし暴走してしまった。

直子は、自分に起因する子育ての躓きを、住居移転の希望がかなわなかったために修復できなかったと、ただ夫が病後の自分を理解しなかったことを恨んだのだ。翌日、善良な夫を見て、何度も恨みをぶり返す自分に罪深さを感じもしたのだ。一方、自分の考えが揺らぐことのない信夫は、直子を苦しめたなどとは、思ってさえいなかった。

悠の問題は、家族にとって試練だと直子は感じていた。今一度生き方を問い直されているような気がしていた。

今までは波風のない温室のような家庭だったが、社会に窓を開いて、世の中と共に活動していく家庭に変身していかねばならない。自分たちも今の世の中に勇敢に踏み出して生きていかなければ、子どもたちの気持ちなど理解できないのではないか。自分たちの専門分野のみに偏った生活から世の中を見ていると、戸惑い、判断力を失ってしまう。もう一度考え直そう。そして第一歩から歩き始めよう。輝かしい過去を抱いた人間としてではなく、傷ついた、悲しみを背負った人間として。

謙虚に生き直したいと直子は思った。

信夫も少しずつ変っていった。

ある日、Sセンターに一人の老人が訪ねて来た。S短大の学長だった。短大の幼児教育学科で「小児保健」の科目を教える小児科医を探していたのである。短大は直子の家のすぐ近く、車で十分くらいのところにあった。当時、Sセンターを非常勤にして少し気持に余裕を持っていた直子は、週一回くらいなら短大を手伝えないことはないとも考えた。

翌日、学長は直子の家を訪ねて来た。直子は、敬虔なクリスチャンでもある八十歳を超えた学長と、女性の生き方などについて、じっくり話し合った。当時、自分の子育てに躓いていた直子は、女性にとっての子育ての意味について考えていることを話

した。学長は、
「ぜひ、それを短大でやってほしい」
と言った。また、自然科学系の一般教養科目として「女性と健康」という科目もやってみてほしいと言った。学長の人柄に、直子は「この方の下でなら働いてもよい」という気になっていった。

しかし、自分の仕事は障害児を抱えたお母さんたちを支えることだ。Sセンターの仕事はどうしても続けたかった。短大に行くとしても非常勤でと思った。

しかし、学長からは、どうしても常勤で来てほしいと言われた。そこで、週二日の研修日にSセンターに行くことを条件に、短大で教えてみることにした。女性の一生を、身体的な面から、思春期、母性の問題、更年期、老年期と、自分でもじっくり勉強し、自分の失敗を繰り返さないよう、若い人たちに語っていくことは、やりがいのあることと思えた。

どこまでも自分の主たる仕事はSセンターでの診療であると考えながら、こうして直子は短大でも教鞭を執るようになった。授業に穴を開けず、会議に出席すれば、あまり時間に拘束されることはなかった。

十四　嵐の後

直子は医者を非常勤で続けながら、短大教師が主となる生活を送ることになった。大学教育の仕事は、医者の仕事とは随分違った。時間的には少し余裕ができた。その時間は、広く教養を身につけるために使うことができた。また、それが必要ともされた。

新聞をしっかり読み、テレビもしっかり見て、そのときそのときの世界の出来事に、今までより気を配るようになった。時間に追われて自分の専門の仕事に視野を狭めざるを得なかったことから解放され、日々を味わいながら生活するようになった。自然の移ろいを感じ取り、自分たちの衣食住にも気を配るようになった。

これが本来の人間のあり方だろうが、その頃は、多くの場合、定年後にしか許されなかった。日本が豊かになり、人々が生活にもっとゆとりを持たねばならないということには、世の中も気づき始めていた。しかし、直子は長い間、社会のせわしい流れの中にはまり込んで、どうすることもできなかった。

自分の病気が一つの原因となって、流れの中でおぼれかけていた。直子は、今その流れからやっと岸辺にはい上がり、川に沿って岸辺を歩き出した。川の水に手で触れながらも、自分の足はしっかり地を踏んでいた。

自分の船を川に浮かべることができるかどうかはわからなかった。川の流れに取り残され、海にたどり着く頃には見知らぬ世界になっているかもしれなかった。でも、直子は慌てないだろう。自分の足でしっかり大地を踏みしめているのだから。

人生とはこんなにも悲哀に満ちたものだったのかという思いは強かったが、それでも直子はより強く、より確かに生き出していた。迷いに迷った四十代前半だったが、四十代後半になって、もう迷わないという心境になった。

このまま、五十歳になる四年後には、孔子の言葉通りに天命を知ることができるだろうか。

直子にとって子育てが苦しいものとなってからの数年、嵐のような日々が続いた。その嵐もようやく通り過ぎていく気配だった。

辺り一面を荒れ果てたものにしてしまったけれど、嵐が過ぎてしまえば荒野には緑がよみがえるに違いない。

悠も直子の方を向くようになった。明美も、ようやく何かに燃え出そうとしている様子が見えた。

直子は、久しぶりに二、三時間もピアノを弾いた。十分や二十分ではなかなか乗れなかったが、長時間弾いていると何かが目覚めてきた。誰もいない土曜日の午後はピアノに向かった。

朝は、庭に出て花を見て回った。庭仕事は楽しかった。世話をすれば必ず育つことを教えてくれた。美しく咲いた鉢植えを買っては枯らしていた時期のことを思った。

今は、上手に育てている。球根や宿根草の芽は必ず出てくる。駄目になったかと思っていても、その時期になると必ず出てくる。水仙、アネモネ、鈴蘭、桔梗《ききょう》、姫ひまわり……。挿し木も確実につく。その季節が来て沈丁花《じんちょうげ》も咲く。紫陽花《あじさい》も新芽が出ている。種まきもする。今は、かすみ草とラディッシュの芽が出ている。園芸は、直子の長い間の夢だった。土に触れ、光を浴び、そして、少し時間の余裕ができて直子は幸せだった。

直子は、秋には漬物を、白菜、大根（沢庵《たくあん》漬け）、千枚漬け、日の菜漬けなどとやってみる。生活そのものを味わいたい気持ちになっている今の生活は、この年齢にしては少しぜいたくかもしれない。いやこれでいいのだと思ってもみる。沢庵を漬けるときは、渋柿の皮を干したものや、茄子の葉の干したものを入れるとおいしくなる。ちょうど、秋に渋柿を数個、干し柿にする。お正月にはその干し柿を食べる。日本古来の生活を味わい深く感じるようになった。

その頃、直子は、米国のフェミニスト・ジャーナリスト・作家、ベティ・フリーダンの『セカンドステージ　新しい家族の創造』を読んだ。ボーボワールとはまた少し違っていた。

ウーマンリブとか、フェミニストの初期の、男性と同一であることを要求する闘いの時期は終わった。人間性を発揮できない生活に追いやられている男性も共に、人間的な生活を求めていくべきときなのだろう。女性も仕事を持ち、社会的に活躍したいが、同時に女性にとって、家庭を持ち子どもを産み育てることも失いたくない。それが、スーパーウーマンでなければできないのではなく、自然にできるようにきっとなっていくだろう。

直子は彼女の意見に同感だった。

直子の家に、平和な日々が流れるようになった。試練のときはようやく過ぎ去ろうとしていた。

信夫の仕事は順調だった。明美は成人し、好きな仕事に就いた。悠は、家を出てボーイフレンドのところに行ったりはしていたが、親の方向を向くようにはなっていた。

久しぶりに直子は、全く独りで家に居た。

独りで家に居るのは幸せだった。家族がそれぞれの活動をしていて、自分が家にいて、掃除や整理をしているという生活。いつも逆の、家族を家に残して自分が仕事に出なければならなかった悲しさが、その頃も心の痛みとして残っていたから、この当たり前の状態を、ことさらに得がたく感じたのだろう。

一番の活動の時期と、子育ての時期とが重なって、女性はつらい思いをすることが多い。直子の場合、さらに病気が加わって苦い思いをたくさん経験し、その頃もその悲哀を胸に持ち続けていた。それだからこそできる生き方を、これからはしていかなければと思っていた。

悠は、十代で身ごもった。

そのとき既に、悠には母性が目覚めていた。父親となる男性とは式を挙げ、両家の理解のもとに新居を整えたが、実家に帰って出産し、そのまま実家に留まることになった。

陣痛の来ていた悠を病院へ送り届けるだけで、直子は仕事に向かわなければならなかった。間もなく陣痛は本格的となり、入院後二時間で分娩室に入った。悠は独りで分娩の苦しみに耐え、無事に出産した。直子が早めに仕事を切り上げ、五時過ぎに病

院へ駆けつけると、

「四時十分、男の子が生まれました。赤ちゃんも元気、お母さんも元気、外表奇形なし」

と告げられた。直子は、

「よく頑張ったね」

と声をかけた。辛抱強い子だったと今更ながら子どもの頃からの悠を思い、直子は感無量だった。親に世話をかけない子、昔の悠はこんなだった。なぜ一時あんなに荒れたのだろう。

子どもは、直子の家の全員が愛情を注いで育てていくことになった。

悠は子育てをしながら、高校の通信部で勉強を始めた。また、能力開発センターでワープロ、簿記などの講習も受けていた。毎日毎日、生活が少しずつ軌道修正されていくのを、直子は薄氷を踏む思いで見守っていた。悠の成長には信夫の手は借りられない。信夫に相談することではない。これは自分の課題だと直子は思った。

直子は、高い理想を追って生きていくことを夢見ていたが、全く泥だらけの中に足を突っ込んで歩いて行かなければならないのが人生というものだ。

そんな時期に、直子の父が七十四歳で亡くなった。父は、直子の苦しみをよく理解していた。直子にとっては、世の中で最も好きな人だった。若い頃苦労をしたが、人徳のある人と皆から言われた。社会的には成功し、瑞宝《ずいほう》章も授けられた。十年前に脳梗塞を患って少しずつ心身が衰えた。自分で解決できない問題を残したまま去って行くのを見るのは、直子にはつらかった。

その秋、信夫は研究所の教授に内定した。信夫は渡欧中だったが、大学から知らせを受け、家中で大喜びした。信夫の父に長生きしてもらってよかった、やっと親孝行できたと直子は思った。

十五　天命を知る

直子は、短大教師になった当座は、やはり少し侘《わび》しくなった。医者になったつもりが、なぜ短大教師などしているのだと。

私が、がんという病気に冒されることがなかったら、こんなところに居ることはなかっただろう
がんはもう治っているかもしれないのに、恐らくはそうであるのに、私はここに居る
がんに打ち勝ったのに、がんに敗れてしまった私
がんにかかったことにより私の人生は狂ってしまった
幸せの絶頂にいた私が
自信を持って生きていた私が

女盛りの三十五歳で試されたのだ
頑張ってきたと思っていたのに
いい加減にしていたことも沢山あったことを思い知らされた

初めての挫折だった

侘しくなったとき思う
「でもちゃんと生きているじゃないか　ありがたいこと
生きているのにぜいたく言うな」

生きることが絶望的な悲願であった頃
私は思った
「生きてさえいれば」と
どんな状態になっていても、生きてさえいれば何とかなる
ソファに寝転んで家の隅っこから

夫や子どもたちの生きているのを眺めているだけでもよい
どうか命を与えてください

直子は五十歳を迎えた。半世紀生きたことに感慨を深くしたと同時に、天命を知る思いに今度はなった。四十歳を迎えたときは不惑どころか、四十代はずっと惑いの年月だったのだけれど……。

明美が三月で退職し、大学の通信教育を受け始めた。保育士として保育園で働くうちに、いろいろな子どもを見、親を見、家庭を見て、福祉に目覚めたというのだろうか。自分が何かの役に立って生きたいと思うようになったようだ。

「ママの子だから」

と言う。勉強することが大事なことが、本当にわかったと言う。大学教育が何故大事なのかもわかったと言う。直子は、もう何も言うことはないと思った。

直子は、死に至ると思えた病のため、子育てがうまくできなくなった。直子の人生は、乳がんを境にして、がけが崩れるように崩壊した。嵐のような日々が続いた。夫婦にとっては試練であった。

そして十五年、やっと波は静かになった。明美は、独りで歩き始めた。悠の修復にはまだ数年かかるだろうけれども。

常に信夫の同意を得られるのを待つことなく、自分の考えで進まなければ、悠の修復は不可能だと直子は思った。信夫にそのことを話し、自分の考えで進み出した。それから、悠の状態は少しずつ回復の方向に向かった。

直子にとっても信夫にとっても、悠を育てるのは困難だった。生真面目な彼ら夫婦にこのように奔放で元気な子どもが授かったのは、不幸な組み合わせだったかもしれない。しかし、それでも、しっかりと受け止めていかねばならないのだ。

とにかく家庭崩壊は免れてここまで来た。そして、傷ついた夫婦は五十代を迎えた。

「途中事故」に遭ったため、明美を育てるには二十四年かかった。悠も恐らくは、あと数年はかかるだろう。

母の日に短大の卒業生が二人、カーネーション付きのケーキを持って直子を訪ねて来た。

「お母さんみたいなものです」

と言った。短大教師でいることで、直子はいろいろ喜びも味わうことにもなった。

直子は数日、神谷美恵子著作集（みすず書房、一九八〇〜八五年）を読み返していた。一言一句が心に響いた。読めば読むほど著者の見識の深さに圧倒された。『こころの旅』や、エッセイ集『存在の重み』、自伝風の『遍歴』などを読み、この著者になら、自分の気持ちを全てわかってもらえると思った。

著者が一九七九年、六十五歳で亡くなったことを、新聞紙上で知ったときはショックだった。関西に住んでいたのに、とうとう直接会うことができなかった。残念でならなかった。

明美も、偶然の機会から、神谷美恵子の著作を読み出そうとしていた。直子は、もうそれだけで死んでもいいような気持ちになった。今まで何人の人に『生きがいについて』を贈っただろう。また、貸しもした。共感する気持ちを共有したくて。本当に読んで共感してくれた人は、数えるほどしかいないのだけれど。


明美が「仏教とキリスト教の違い」について問いかけてきたこともあった。

近所に善き生活を送っているクリスチャンの家庭があり、直子は招かれて祈祷会《きとう》に何回か参加していた。祈祷会で、クリスチャンとはどういう人であるのか尋ねたことがあった。クリスチャンは「世界は絶対的な唯一の神が創造したこと、また、イエスが救い主であることを心から信じることのできる人たちである」ことを知った。温かく迎えられ、よい話を聞かせてもらいながら、やはり自分は部外者との思いになってしまった。クリスチャンは、死後も天国で再生すると信じ、死を幸せに迎えることができる。信仰を持たない直子には、教会での葬儀に参列するときいつも、そのことがうらやましく思われるのだった。

直子は日本に住み、いろんな形で仏教の影響を受けたではあろう。けれども、戦後に育ち、日本古来の文化に触れることは少なく、専ら西洋文化の影響を受けていた。聖書を読むことはあっても、経典を読むことはなかった。仏教についての知識は、キリスト教について知る以下のものでしかなかったが、自分の学んだ範囲で明美と会話を交わした。

仏教では、創造主を想定せず、絶対者による創造は否定している。

「最初は無から、種々の要素が寄り合い縁りあって生じては滅している（衆縁和合）。形あるものは同じ形を維持することはなく（諸行無常）、何事も自分の思うようにはならない（一切皆苦）、自分の体にも取り巻くものにも自分のものは何もない（諸法無我）。我が身も作られたものだから死んだらもとの何もなかった状態に戻る。自我に執着し、不滅と思う妄執を捨てれば、死を恐れることもあの世を思い煩うこともないであろう」（田上太秀）。

妄執を捨てるだけで心は安らぎの境地に達する、ということはよく理解できる。しかし、思うようにならない世の中に生き、病み老い死んでいく人間が、解脱の境地を得るのは、そう簡単だろうか。浄土のことも、考えないわけではない。「衆生の救済が仏の願いであるのだから、ひたすら仏に委ねることで救われる」という教えはありがたく思われる。

仏教についてはこれから勉強していかねばならないのだったが、こんな話を我が子とできることはうれしかった。

日本が急激に変化していく時代に、家庭内でも大家族でいろいろな人間関係に気をもんだりもしながら育った直子とは違って、明美は豊かになった平和な日本で、温室のような核家族の中で育った。外でもいじめられるような子どもではなかったので、あまり悩みがなく、深く考えたり悩んだりすることもないまま大人になってしまったように見えていたが、このような問題を話題にするようになってきたのだった。

「こんな話ができるのは、ママとぐらいなんだよ」

と明美は言った。また、知的会話に飢えているとも言った。直子は明美の成長を感じた。かつて、あえて四年制大学には行かないと反抗して短大を選んだ彼女が、勉強したい、大学教育を受けたい、自分の生きがいを見つけたいと思うようになっていたのだ。人間として、女性として、これから本当に話し合えるようになると思い、直子は幸せだった。

悠は、自分が成長期に経験し損ねたことを、今になって、必死に追い求めているようだった。母親になったことで、子どもが悠を育ててくれた。悠は、
「ママには感謝している」
と言うようになった。直子は、悠の成長をじっと待っていた。

一九九〇年（平成二年）、信夫は五十一歳の夏、三カ月間、スウェーデンで研究生活を送っていた。夏期休暇中に自宅を留守にする現地（ストックホルム）の人の家を宿舎として借りていたので、直子も短大の夏休みを利用して、そこで一カ月余を過ごした。そしてストックホルムを拠点にして、北欧、独仏、オーストリア、スイス等を、見物、見学して回った。ぜいたくにも、その土地に住んでいる何人かの知人に案内を頼んで、詳細にまた能率よく見学するという、貴重な経験をした。

一九八九年十一月のベルリンの壁崩壊から、まだ八カ月ほどしか経っていない時期だったので、両ベルリンの地はどうしても踏んでおきたかった。西ベルリンに移り住んでいたルーマニア人の化学者の家に泊めてもらい、彼に行き届いた案内をしてもらった。

コペンハーゲンとパリでは、そこに長年住んでいる日本人のところに泊めてもらい、案内もしてもらった。ミュンヘンの小児センターでは、理学療法士にセンター内を詳しく案内してもらった。脳性運動障害の早期診断・治療をしている小児神経科医（早期診断・治療の手技を伝えるため来日し、Y整肢園で出会っていた医師）にも会うことができた。

デンマークでは、移動幼稚園、障害者生活共同体、生活訓練学校、特養老人ホームなどを、スウェーデンではいくつもの保育施設、学童保育施設、公園のオープンナーサリー、老人のサービスハウス（アパート）などを見学し、何より北欧の人々の中で日々の生活に直接触れて過ごしていたのだった。パリでは、世界中の名品がゴロゴロあり、とても一日や二日では見尽くせないルーブル美術館も、中を熟知している人に案内してもらったおかげで、モナリザもミロもルーベンスもレンブラントも、主だったものを見逃すことはなかった。

明美はデンマークの保育施設を保育者として体験し、三歳の孫も北欧の子どもたちとの生活を体験した。直子は、悠も同行させたくて強く誘ったが、どうしても仕事を休めないと言った。大きな経験を家族共通のものにしたいとの直子の思いは、悠について は叶わなかった。

北欧の体験について書くなら章を改めねばならないが、特に明美のその後に大きな影響を与えずにはおかなかった。

夢のようなヨーロッパの日々の後、直子の体からすべてのエネルギーが消えてしまったようになった。しばらくは惰性のみで生きていた。そして、何故か鬱《うつ》状態に陥った。こんな思いを詩の形で綴《つづ》った。

生きれば生きるほどに悲しみを知る
もし私が三十五歳で死んでいたならば
私はどんなに幸せだったことか
私は幸福の絶頂にいた
愛する夫とかわいい二人の娘に囲まれて
これからの仕事には希望があった

五十歳の私は人生の悲しみを知った
愛する人びとのために生き延びた十五年が
こんなに苦しいものとは知らなかった
石垣が一つ崩れ始めると
次から次へと石は崩れ落ちる
止めることは不可能と思えたがけ崩れも
いつか終わって
今は廃虚に立つ老女のように
呆然《ぼうぜん》と五十代を迎えている

できるならばもう一度生きる力を
そして愛する心を与えてほしい

私が三十五歳で死の病を得たとき
「まだ人生は半分は残っていると思ったのに」と言う私に

先輩は悲しそうに言ったのだ
「後の半分はすぐですよ」
彼も人生の悲しみを知った人だったのだ
五十歳になった私はやっと理解できた
ただ生き延びることさえできればと願った若き日の自分は
何と幸せであったことか

愛の形は変った
これまでは無条件に愛されていることを疑わなかった
今は違う
愛の始まる前に戻った
やはり人間は孤独なものだったのだ
いろいろな愛の形がある
一体どんな愛だったのか
愛のどの部分が残っているのか

愛のどの部分が失われたのか
愛があれば人生の悲しみはどんなに慰められるであろう

鬱の原因は、夫婦間の愛の形の変化によるものだったかもしれない。互いを、よく理解し合っていると思っていた。いつも頼れる人として夫は側に居た。

頼れる人としていつも夫が側に居ても、依存することなく、一人の独立した人間として生きていくはずだった。自分の失敗を、まるで夫の責任のように感じてしまったのはどういうことだろう。

やがて直子は、結婚以来、実存の苦悩を免れていたことが、大きな間違いだったことに気づいたのだった。

夫は、今も変らず側に居る。困ったときは助けてくれるだろう。

「夫婦は全て同じ考えでなくてもよい。一点で接することができれば、一緒に生きていける」

と信夫は言う。同じ方向を向いて歩いているではないか。
病後の苦しみ、子育ての躓き。
独り芝居だったのだ。

当初、せいぜい数年奉職すればよいと思っていた短大には、定年退職するまで二十年在職することになった。

短大では、十八歳から二十歳の頃の、恐らくは人生で最も恵まれた時期を過ごす学生たちに伴走して、教職員も入学式、体育祭、文化祭、卒業式と晴れやかな日々を過ごすことになる。時間的にも、夏休みを始め休暇の多いことは、病院勤めとは雲泥の差である。四月には年間計画がきちんと立てられる。病院で、夜も、土日も正月も関係なく束縛されていたときのことを思えば、何と恵まれた職場だろう。しかも、自分の考えをこれから生きていく人たちに伝えられる。こんなにやりがいのある仕事は他にあるまい。

当初はぬるま湯に浸かっている感さえあった短大教師としての生活に、直子はだんだんやりがいを感じるようになっていった。これから生きていく若い頭脳に、自分の考えを伝えられる喜びは大きかった。毎年受け持つ十数名のゼミ生は、多くの我が子のようでもあった。

自分の教え子の中に、自分自身が生きていると感じるようにもなった。教え子が、卒業後も短大に顔を出し、

「先生が言われたようにして生きてきましたよ」

と報告してくれたり、年賀状で卒業後の生活を報告してくれたりすることを通して、自分の語ってきたことが彼女たちに伝わっていることを知った。（とんでもない取り違えをしていることもあるけれど）次の授業には何を込めようかと熱が入るようにもなっていった。自分が、死んだ後も教え子の中で生きていくような気持ちになっていった。

思いがけず定年まで在職してしまった短大での二十年の歳月は、覚めてほしくない夢のような天からの授かり物である。幼児教育学科長として、地域の子育てと幼児教

育に寄与したくて短大に乳幼児総合研究所を立ち上げたこと、また、学生部長として、まだ不安定な傷つきやすい青年期にいろいろな問題を抱えている学生たちの心の問題に取り組もうとしたことなど、小さなコミュニティーである学園では、いくらでも自分の役立てる仕事があった。短大での生活を記すなら、章を改めねばならない。

直子が短大在職中、保健師や子育てをサポートする人たちの研修会、教育委員会、公民館や保健センターなどで催される研修会や講演会などで、子育ての話を頼まれる機会も何度かあった。直子は子育てで躓いた自分に、講師を引き受ける資格はないと固辞しつつも、それらを引き受けざるを得なかったのだった。

Sセンターで催された県内の保健師の研修会では、著名な小児科医が自分の体験を「父親から見た子育て」として話す前座として、直子が「母親から見た子育て」と題して話をしたこともあった。やはり、直子にとって、子育てこそが生涯の課題であったと言わざるを得ない。

短大に在職した二十年の歳月はあっという間に過ぎ去った。その間に家庭では、姑を送り、舅《しゅうと》を送り、娘たちは大きく成長した。二人とも、誰にも相談せずに自分が勉強したい学部を選び、通信教育を受け、大学を卒業した。そして、娘たちが目指すそれぞれの生き方に、直子は心から賛同できるようになっていた。

短大教師としての生活を送っている間に、直子の気持ちも癒やされていたのだった。

十六　新たな役割

直子が五十二歳になろうとしていた頃、姑が膵臓《すいぞう》がんに冒されていることがわかった。

信夫の母は既に亡く、父は後妻を迎え、二人で旅行などして生活を楽しんでいた。直子にとっては姑だが、元々家庭科の教師をしていた人で、家事をきちんとする人だった。

七十三歳になっていた姑から、

「胃下垂で食欲がなく、食事を作る気がしないので作ってほしい」

と言われ、当時、スープの冷めない距離に住んでいた老夫婦の夕食を、毎日直子が作って持って行くようになった。二、三週間も続き、一日家に居る姑が、仕事で忙しい直子に食事を頼むことに疑問を抱き、一度病院で診てもらうよう勧めた。胃下垂によると決め込んでいたのが、検査で膵臓がんとわかったときは、もう手術ができる状態ではなかった。姑は怠けていたのではなく、病気だったのだと知って、直子は、もっともっと優しくしてあげればよかったと悔いた。

がんを恐れていた姑は、

「がんでしょう?」

と聞いた。舅も信夫もうそを言えない人で、黙して答えなかった。待ちきれず直子が、

「膵炎ですよ」

と否定した。手術は意味がないと言っても、本人は承知しなかった。大学病院に移し専門医に一応開腹はしてもらったが、打つ手はなかった。姑が入院すると、八十五歳の舅が独りとなった。末期がんの姑と老いた舅をどうやって看ていくか、人生の最後を満足して幸せに過ごしてもらうために、信夫の家族がどうやって協力していくかが課題となった。

それにしても、いろいろな事があるものだ。直子は、雑事に追われ、自分の本来の仕事（疫学についてまとめること）だけが一向にはかどらないことを残念に思った

が、自分の運命だと思った。

画家、絵本作家のいわさきちひろが「独身だったら、気楽で絵もバンバン描けるかといえばとんでもない。夫がいて子どもがいて、両方の母がいて、大変な中で仕事ができる。大事な人間関係を切っていく中では、絵は描けない」と言っている。

自分も、今ここに置かれた自分の役割から逃げてしまっては、よい仕事などできないと思った。臨床医をしていた頃は、大事な自分の肉親への思いを犠牲にしてきたが、そんな生き方を拒否して今の仕事に変ったのだ。老人や病人の介護の問題に取り組む時期になったのだと思った。


六カ月間の入院生活の後、姑は逝った。終わってしまえばあっけなかった。どう考えても弱い立場の姑に対し、十分ないたわりを示し得ただろうか。忙しいことを理由にして行き届かなかったことを、申し訳ないと思うばかりだった。

姑として、こんなにやりやすい人はいなかった。直子の行いに何も口を出さなかった。新しい女性の生き方をしたいと思っていた直子は、姑から物事を習おうという気持ちを、全く持っていなかった。彼女の遺品の片付けを結局、直子がすることになったのだが、まれなる聡明な女性だったことを、生前に感じていた以上に知ることになった。もっといろいろ教えてもらうことができたのにと後悔した。

直子は、姑が最晩年に無気力となっていくように思い残念に思ったのだが、病気のため体がえらかったためだったことがわかり、自分の考えの浅かったことを反省した。姑はほとんど周りに世話をかけることなく去って行った。

八十六歳で独り残された父の世話は、数軒先に住む直子がしていた。朝の食事を届け、昼はパンを準備した。夕食は父が直子のところに食べに来るようにして、何とかやっていた。

朝食には、味噌汁と、納豆、カボチャの煮物、小魚の佃煮《つくだに》があればよかった。夕食はどんなものでもおいしいと言って食べた。大皿に盛られているものは、はじめに自分の適量を取り、必ずきちんと残さず食べた。デザートには、父の好物、夏はメロン、冬は林檎を準備した。

「おいしいね。これは何という林檎ですか」

「『ふじ』です」

毎日林檎の種類を尋ねられて、同じ会話をするのだった。

夕食時に、

「夜は眠れますか。お通じはありますか」

と健康チェックもしていた。やり易い人で、直子にとって負担ではなかった。信夫を育ててくれた父親を知る貴重な機会だった。

信夫は子どもたちのために望遠鏡を作ってやったが、彼の父親が同じことを彼にしてくれたのだった。家の中の建具は使いやすく自分で改造し、電気器具の修理などもプロ並みにしてしまう器用な人で、信夫は父親にそっくりだったのだ。

老人は食事時間だけは守らなければならないので、直子が会議などで帰りが遅れることが予想されれば、お寿司を配達してもらうこともあった。

日曜日には直子が父の家に掃除に行った。民生委員は「お嫁さんのために」といってヘルパーさん派遣を勧めたが、父は、

「なるべく直子さんに迷惑をかけないようにするから」

と言って断った。

レコードでクラシック音楽を聴いたり、習字や日本画、一人碁を楽しんだりして、

父は静かに暮らしていた。長年続けていた菊作りは、姑が亡くなってからはやらなくなった。

一年余りそんな日が続いてから、父は脳出血を起こした。一週間昏睡状態の後、一命をとりとめた。歩行は可能となったが、夜に徘徊したため、自宅での介護が難しくなった。運よく新設の特別養護老人ホームに入所することができた。週に一度面会に行くと、ときには額にガーゼが当ててあり、転んだと報告を受けることもあったが、広いホーム内を自由に歩かせてもらっているようだった。一年余り後、父は再度の脳出血を起こし、八十九歳で昇天した。

軍医だった父は口数の少ない人だった。父は人生経験について、特に戦争体験についても、多くを語ることなく人生を閉じていった。

直子にとって、人生の中年期のいろいろな役割は、短大に在職中に果たしたことになる。自宅に近い職場で、比較的恵まれた労働条件の中でこそできたのだった。

短大教師として、直子は常に思っていた。

「自分にこんな優雅な仕事が許されるのだろうか。本来なら障害児のことをやらなければならないのではないか」

短大在職中にもSセンターでの仕事は、細々ながらずっと続けることができた。そして、短大退官後は、再び医者に戻ることになった。といっても、もう若い人のような仕事は無理だった。直子でもできる仕事、直子だからできる仕事、たまたまそのような仕事に恵まれたのだった。

直子は、六十五歳で短大を退官、その後は、Sセンターのリハビリ部門で、訓練に来る子どもたちの相談に携わった。そこで、幼児期に診ていた患者が、青年となり、成人して生きている姿にも接することになった。そして、十年、二十年と障害児を介護してきたお母さんたちにも再会した。

十七　障害児と母から学ぶ1

直子は、小児科医として長年、細々ながら障害児に関わった。短大を定年退職してからは、Sセンターの訓練室で、訓練に来る子どもたちの健康チェックをしながら、通院する子どもたちの訓練の様子を観察したり、お母さんたちと話し込んだりしていた。

障害児や彼らを抱えるお母さんたちを支える力になれたらとの思いからだったが、むしろ彼らやそのお母さんたちの姿から、母性について、人間について多くのことを学び、考えさせられていた。お母さんたちが、悲しみから立ち上がり、苦しみを乗り越えていく姿に、心を打たれることも多かった。直子はこのような貴重な経験を、自分一人のものにしておくことなく、世の中に発信していきたいと思うようになった。そして、障害児を抱えたお母さんたちの気持ちを代弁していくことができたらと思うようになっていった。

重度の仮死で生まれ、重度の脳性麻痺であるA君は、赤ちゃんの頃からセンターに通っていたので、直子はよく知っていた。定年後にセンターで再会したときには、養護学校高等部に通っていた。全面介助を要し、言葉もない状態だったが、顔貌や体格は成長し青年らしくなっていた。そして今や、A君のお母さんは、中学校や医大に呼ばれて人権教育の話をしていた。お母さんは、

「A君を初めて抱いたとき本当に可愛いと思った。そして、A君を育てることにより自分は母親にしてもらった」

と話し、

「『あなたたちもきっとお父さんやお母さんに大きな喜びを与えたに違いない』といった話をすることにより、中学生が自分を、自分の命を大切に思ってくれればよい」

と言った。

お母さんの話に心を打たれ、直子は思わず聞いた。

「A君を育てることは大変だったと思います。重い障害をもっている子どもを育てるには、人並みでない苦労があったことでしょう。でも、お母さん、今、障害児を育ててよかったと思われますか」

A君のお母さんは、次のように話した。

自分の場合は下に妹が生まれ、健康な子だった。「自分にも健康な子を産むことができたのだ」と思い、なにか吹っ切れたようには思った。しかし、健康な子も、問題がないわけではないし、苦労がないわけではない。健康な子も、障害のある子も、可愛いことにおいては全く変わりはない。自分たち親は、たまたま生きる方向を与えられたけれど（A君のお父さんは医師で、重度障害児者を専門として活躍している）、子どもに障害があろうがなかろうが、親としての気持ちは同じだ。

そうだったのだ。親が、子どもが直面する問題に向かって努力することは同じなのだ。それが障害であろうが、（身体の病気、肢体不自由であろうが、）子どもの性格上の問題であろうが、どんなことであっても、親は子と共にその問題に取り組むだろう。障害は、その子の個性と全く同じことなのだ。当たり前かもしれないことを、直子はそのとき改めて教えられた思いだった。

直子は、B君のお母さんにも再会した。

「Bは二十歳になったんですよ」

と言われ、直子は、

「おめでとうございます」

と言うのがやっとだった。直子には、B君のお母さんに対してつらい思いがあったのだ。

「私が二十歳になったような気がするのに、本当に早いわね」

とお母さんは続けた。

B君も重症児。二十歳のそのときも寝たきりだった。乳幼児期にB君は療育センターでお母さんと一緒に療育に取り組んでいた。お母さんは小学校の先生で、育児休暇中だった。B君が一歳になるのを前に、仕事に戻れるかどうか悩んでいた。B君が一生寝たきりであることは、直子にはわかっていた。しかし、お母さんには、はっきりとは告げていなかった。

直子は、まだ若かったせいもあって、障害児を持ってしまった母親が仕事も何もかもを犠牲にして、子どもの世話をして一生を過ごすべきか、疑問に思っていた。B君の世話に社会的資源を利用してお母さんが仕事に復帰し、お母さんに別の活躍の場があってもよいと考え、そのようにお母さんに話した。そのとき、お母さんは、とてもいやな顔をしたのだ。

「Bのことを本当に可愛いと、やっと思えるようになったのよ」

と言っていた折でもあった。直子は、お母さんを深く傷つけたと思い、自分の発した言葉を後悔したが、元に戻すことはできなかった。もし自分だったら、子どもか仕事かなら子どもを選ぶのは、疑う余地もないことだった。このことが直子の胸に突き刺さったまま、十九年の歳月が経っていた。

B君の後、数年して、妹が生まれたが、同じく重症児で、その頃も寝たきりで、全介助を要する養護学校在籍児だった。寝たきりで全介助を要する二人の子どもを抱えて、十年、二十年と世話をしてきたお母さんの生活は、どんなだっただろう。
一、二週して、今度は妹を連れて訓練室に来た。そのとき直子は、お母さんとゆっくり話をすることができた。
「お母さんには、とても心に残っていることがあるのですよ」

直子は、胸に突き刺さっていたことを話した。

「先生、私にそんなこと言ってくれたのですか。そして私は何と言いましたか」

「とてもいやな顔をされたの。私は言ったことを後悔しました。だって、子どもと仕事なら、子どもをとるのは当たり前ですものね。お母さんを傷つけてしまって申し訳なかったと思い、いつか謝らなければと思っていたのよ」

「先生は、社会がそういう時代になればいいねって言われたのを憶えています」

障害児を持った親が、そんなに苦労しなくても、社会が面倒をみていくような時代にならなければ、と直子は言ったらしい。お母さんの心に残っていたことと、直子の心に残っていた思いとの違いに、少しほっとする思いだった。

「もし子どもが健康な子だったら、自分たちはどんなふうにしていたかなと思うことはあります」

とお母さんが言ったところへ、担当訓練士が横から

「離婚していますよ」

と言って笑わせた。

「子はかすがい。子どものおかげで夫婦円満にいっているのですよ」

父が兄の訓練を、母が妹の訓練をして、今はそれなりに楽しくしていると言った。

別のとき、教職を捨てて重度の子どもの介護をずっと続けてきた自分の人生をどう

感じているか、直子は問うてみた。お母さんは言った。

「後悔はない。納得である。このような人生もありと思う……」と。

「子どものために自分の人生を犠牲にしたという気持ちではありません。もしそう考えるなら、子どもたちにも申し訳ないでしょう」

「上司が『先生の代わりはあっても母親の代わりはない』と言われたとき私は迷わず母親を選びました」

「今楽しみはいっぱいあります」

とも言った。直子は正直ほっとしたのだった。

障害児を育てているお母さん方は、決して不幸そうでないことが多い。

Cちゃんのお母さんも幸せそうだった。

点頭てんかんで、重度の寝たきりのCちゃんは、食事を口から食べることもままならず、栄養を入れるためにチューブを鼻から空腸まで通していた。胃までだと嘔吐するので、苦労してその奥の空腸までチューブを通していたのだ。ある日、Cちゃんのゴボウのように細い脚に、白い模様のある網タイツをおしゃれにはかせて来た。

「昼夜が逆転してしまって。今日の明け方一時に起きたのですよ」

と眠そうにしていた。一時から朝まで起きていられては、たまらないだろう。

「Cちゃんと一緒に、お昼間お休みにならないと、お母さんの体が持ちませんね」

と直子が言うと、

「上手なことに、私はどこででも眠れる人なのですよ。電車でもどこでも十分でも時間があればコトッと眠れるのです」

と、苦にしていないようだった。


青年期を迎えるまで介護して育ててきたお母さん方は、障害児の親として、もう、揺るぎないものを持っているのである。

十八　障害児と母から学ぶ2

Dちゃんも、寝たきりで言葉もないいわゆる重症児で、中学生になっていた。お母さんは言った。

「手を握ってうんうん伸ばす動作をするとき、便秘で苦しいんだって、十何年も経った今、やっと我が子の動作の意味がわかったのです」

「ああそういえば、便が出ていなかった、浣腸してあげなければと思うのです。下剤は飲ませているのですが、それでも自然排便が四日ないと浣腸するのです。何日出ていないのか忘れてしまったりするのですけど、最近になって、Dがそんなとき、こんな動作で示していることが、母の私にわかったのです。十何年もかかって……」

直子とお母さんが話をしていると、Dちゃんが声を出した。これは、自分以外の人が話をしているのに、自分が話の輪に入れないことへの抗議だという。そこで、Dちゃんの加われるような話題に変えた。

Dちゃんが話の輪に入りたいのだということが、これも十何年Dちゃんを育ててきてやっとわかったのだと、感慨深げにお母さんは言った。学校ではあまり声を出さないのに、家では盛んに声を出しておしゃべりするのだとも言った。

いつか、某元知事が、重症児を見て、

「彼らに人格はあるのか」

と尋ねたと聞いた。

「重い障害の人にも人格はあるのです」と直子は、Dちゃんとお母さんの話をその元知事に聞かせたい気がした。

Dちゃんが次に来たとき、お母さんが「マラソン」という映画を見て感激したと言った。自閉症の話であるが、その映画の中のお母さんが「私のただ一つの願いは、この子より一日後に死にたい」と言っていた気持ちが、よくわかると言った。

「私もDに、私の一日前に死んでほしいのです。どんなによくしてもらっても、他人にはわからない、私だからわかることがあるのです」

そんなことを言ってくれるお母さんを持ってDちゃんは幸せだ、と直子はそのときは思った。

しかし、そのときお母さんは、Dちゃんを、養護学校の高等部へ行かせるべきかさえ迷っていた。Dちゃんは、家ではよく声を出しておしゃべりするのに、学校ではあまり声を出さないと言っていた。お母さん自身が最近股関節の手術をして、自分がやがて彼女の世話をしてやれないときが来ることを予想した。そして、自分ができるうちに、Dちゃんのために最上のことをしておいてやりたいと焦っていたのだ。その後、養護学校の先生とゆっくり話し合いをした結果、高等部に任せる気持ちになっていった。直子は、今度は安堵した。

Eちゃんは八カ月。緊張が強かった。痙直型四肢麻痺で、表情も乏しく、時々眼球が上転していた。いわゆる重症心身障害児となることが見えていた。出産時胎盤早期剥離《はくり》で、お母さんが出勤するために道を歩いている間に大出血となり、救急車で運ばれた。子どもは助かったとはいえ、重度の脳障害が生じた。お母さんは自分を責め、子どもを受け入れられなかった。鬱状態となり、子どもを避けていた。子どもを母方の祖父母が訓練室に連れて来ていた。

大分してからお母さんが訓練室に見えた。魂が抜けたような姿で突っ立っていた。

訓練している子どもを見ることはなかった。診察台の横の椅子に座ったので、直子はお母さんと少し話ができた。

職場に向かう途中、駅で腹痛があったがそのまま職場まで歩いた。職場に着いたときには、救急車で運ばれねばならない状態だった。駅で救急車を呼んでいればと悔やまれる、と言った。

その後も、訓練室に顔を出すことがあっても、子どものところへは行けないようだった。直子も第一子のとき早産だったので、そのときの体験を話したりしていた。

お母さんが、あるとき訓練しているそばに行った。Eちゃんの目が上転すると、

「真ん中にある方が可愛い」

と否定的な表現もした。しかし、口からよだれが出ると、ガーゼで拭くこともした。お祖母さんが立つと、お祖母さんがしていたようにEちゃんの頭をなでた。Eちゃんは、頭をなでられるとリラックスして緊張がとれた。このように少しずつEちゃんに近づいていくお母さんの姿を、直子は見守っていた。

お母さんは、胎盤早期剥離で大出血したとき、子宮摘出もしていた。もう子どもを産めなくなった悔しさが、子どもの障害の受け入れを一層困難にし、お母さんをこの

ような状態に追いやっていたのだった。

その頃はまだEちゃんと二人きりで居ることはできなかったけれど、お祖母さんとか第三者と一緒なら、Eちゃんのそばに居て、少しずつEちゃんに向き合えるようになっていた。

たくさんの障害児のお母さん方の生き方に接したりしていくうちに、Eちゃんのお母さんもEちゃんを受け入れ、障害児の母親になっていっただろう。


Fちゃんのお母さんから思いを聞かせてもらったことも、直子の心に残っている。三人目の子どもで何も心配していなかったのに、出産時に子どもの状態が急に悪化した。新生児期の状態を考えると、後障害が残るに違いないと思った。子どもは泣いてばかりでどうしようもなく、四カ月時小児科に診てもらいに行った。そのときの様子を見て医者は、

「上に二人いてよかったな」

と言った。

その言葉で心に火がついた。それまで、どうでもよいという気持ちでしかなかった

のに、よし、育ててやろうという気持ちになった。上の二人のときより、この子の子育てこそは自分が楽しんだ。そしてこの頃には、「何人でもいらっしゃい。育ててあげるよ」という気持ちになっていた。

重い障害児をしっかり受け入れ、学齢期まで育てていくお母さん方にとって、子どもから学ぶことは多い。障害児でなくても、子育ては自分育てだと言われる。育てるのが大変だったならなおさら、学ぶことも多いに違いない。

障害といっても、重いものばかりではないが、軽い障害でも問題が少ないわけではない。

Gちゃんと Hちゃん双子の姉妹は、二人とも痙性《けいせい》両麻痺といって、上肢より下肢の障害が重いタイプの脳性麻痺だった。二人は六歳になったが、歩行ができるかどうかといったところだった。

就学を控えて、お母さんには心配事が山ほどあった。歩けたとしても歩容（歩くときの姿勢）のことで、友達にいじめられるのではないかと心配だった。また、二人の後頭部は、新生児期に頭を擦り付けて脱毛していた。毛根がほとんどないので、うまく生えてくるかも心配だった。本人たちは、禿《は》げているからといって何の苦痛もないが、学校のプールで髪が濡れたとき、目立って笑われるのではないかと気になるのだった。

「そんなことはあるかもしれないけれど、そんなことは人間として恥ずかしいことではない。もっと心の面で笑われないといけないことが人間にはあるのだよって言ってあげればよい。これからは、自分の障害を精神的に乗り越えられるように育てることが大事かもしれない」

といった話を直子がすると、お母さんは、

「気持ちが一つ進めた」

と言った。

Gちゃんは何とか歩けたが、階段昇降時には片足ずつで足を揃えた。左足での片足立ちがうまくできないのだった。直子がGちゃんに片足立ちの練習を教えたところ、

「数えて！」

と言って、頑張って片足立ちの練習をしていた。

Hちゃんは十メートルほどをやっと歩けたが、腰を屈曲させた、脳性麻痺特有の歩き方だった。その場での立位がやっとできた。Gちゃんの横でHちゃんは、立位を何秒できるか頑張っていた。こうやって明るく励んでいる二人を見て、直子は言った。

「お母さんよかったね、こんなに明るい子たちに育って。体がどこも悪くないのにうまく育たない子どももいっぱいいるのに」

直子は心からそう思った。お母さんもうなずいた。

なかなか子どもが出来なかったので、ホルモン治療を受けて授かった子どもたちだった。双子になったのも自分に責任があるのではないか、とお母さんは思った。早産しそうになって入院し、点滴を受けた。動かないでと言われたが、どうしてもトイレが我慢できず、点滴をぶら下げてトイレに歩いて行った。そして早産となり、小さく産んでしまった。自分が障害児にしてしまったのではないか、と自分を責めていた。

当初は二人を受け入れられなかった。NICU（新生児集中治療室）で管理され、母子が引き離されていた期間が長く、母性の芽生えも思うようにいかなかった。一生懸命、子どもたちと訓練に通っていたが、まだまだお母さんの心は揺れていた。

障害があっても、自立しようと頑張っている若者もいた。

Iちゃんは、小学一年のとき自転車に乗っていて交通事故に遭った。脳挫傷、昏睡状態が二週間余り続き、一生植物状態でしょうと言われた。ＩＣＵに入っていた頃からの回復過程を、家族はビデオに撮っていた。ピアノが得意だった彼女が以前弾いていた曲を録音しておいたものを聴かせ、記憶をよみがえらせようとした。玩具のピアノにベッドで触れさせた。

医者が信じない頃から、お母さんはIちゃんの反応を読み取った。お母さんは若い頃、音楽を通して子どもたちの全身が生き生きと弾むように活性化するのを経験していた。Iちゃんの脳の機能回復に、音楽が役立ったことは確かだ。

成長したIちゃんは、大学の社会福祉学科で学んでいた。彼女は、歩行器でやっと歩ける程度だったが、ピアノは弾けた。お母さんと二人三脚でここまで回復した彼女だが、自立しようともがいていた。

「歩行歩行と歩行訓練を強調するが、歩行だけが自立の道ではない」

と主張するようにもなっていた。

大学も、彼女が通うことでいろいろ変っていった。頭で描いて建てたものが、彼女が使うことでその不都合がわかり、改められていった。彼女が生きやすいように世の中を変えていく、それが自分の役目、使命であると、Iちゃんは感じ始めていた。

彼女はきれいな字を書いたが、いかにも遅かった。大学の授業では、ノートをとるのが大変だった。聴覚障害のある学生のためにノートテイカーがいることを知って、自分のためにノートテイカーをつけてほしいと申し出た。彼女にもノートテイカーがついた。そのように支援の必要性を自分で世の中に出していくことで、ここも突破したのだった。

卒論は、障害者としての自己を題材にして書いた。彼女は大学院試験にも合格した。

家族で、オペラ鑑賞に行ったとき、座席券を持っているにもかかわらず、後ろの隅に決まっていた車椅子の席に回されることになった。車椅子用のトイレは一番奥にあり、休憩時間、列をなしている脇を「すみません、すみません」と言って奥まで入りやっと使った。バリアフリーといっても、まだまだわかっていない人の設計でしかなかった。そのようなことへの啓発も、彼女は自分の役割であることを自覚していた。

(最近は車椅子用トイレは、手前に設置されるようになった)

自立への機会は、またやって来た。O市の姉妹都市であるドイツのW市へ音楽療法士と一緒に行き、スピーチ、ピアノ演奏、市長との晩餐会出席などが予定された。母親が付き添うことなく渡欧することになったのだ。あいさつだけでも現地語でできるようになりたいと、ドイツ語を学ぶ気持ちになっていた。どこまでも積極的なIちゃんに直子は脱帽した。

数年後、社会人となった彼女に偶然出会った。彼女は、就職先へ改造車に乗って通勤していた。

全介助を要する重度の脳性麻痺児J君も、自立を目指していた。

腹ばい位で何とか顔の向きを変えられた。仰臥位《ぎょうが》では、両手を合わせて、三分程胸の上で保っていられた。寝返りは助けられてやっとできたが、車椅子へは、抱えて乗せてもらわねばならなかった。電動車椅子で、室内移動は可能。自分の意志ははっきり示せた。時間はかかったが、友人にメールを打てた。

彼は、高校卒業後に、もう一人の肢体不自由児と二人で、部屋を借り、両親とは離れて暮らすことを考えていた。昼は作業所に通い、夜は介護支援制度によりヘルパーを雇ってやっていこうとしていた。無謀とも思えるが、この年齢の若者としては当然の考えであろう。

北欧ではその当時より二十年も前から、子どもが十八歳になったら、たとえ心身に障害があろうと、両親から独立して生きていくことができるように訓練されていた。遅ればせながら、日本でそのことを実現しようとしている若者がいた。直子は、彼らの生きるための要求を、実現できるよう応援したい気持ちだった。

デンマークで見た知的障害の子どもが、まず近くの公衆電話から自宅に電話をかけることから練習していたのを、直子は思い出していた。

このように直子は、訓練室に通う人々の姿から、障害について、人間について、母性について、教えられ考えさせられていたのだった。

十九　仕事の終わり

　定年退職で短大に区切りをつけてからの直子は、やっと医者に戻ったような気持ちになり、新たに医学書を買い込んだ。「生理学」などの基礎的な教科書を読むことは楽しかった。自分が医学生だった頃から四十年も経って、新しい知見がうんと蓄積されていた。今から医学生を始めるのだったらどんなによいだろうと思った。

　内科学の教科書も新しいのを買って読み出した。一体自分は、医学をきちんと勉強したことがあったのだろうか、という思いにもなった。これからやっと一人前の医者になって死んでいくのか。それでもよい。一人前の医者になりたいと思った。

『ネルソン小児科学』も新しい版を買った。面白くて夢中になって読み進んだ。小児科医になりたての頃、こんなに夢中になって読むほどの時間があればよかった。結婚の時期、親になる時期、仕事との関係が悪かった。結婚にも、子育てにも、直子を夢中にさせるものがあったのだから、今さら思うまいと思ったが、今から医者になるのだったらどんなによいだろう、とまたしても思った。

毎月来る医学雑誌に丁寧に目を通すようになった。学会にもまめに出かけた。誰にも遠慮はいらない。家事、育児、雑事に追われてできなかったことを、それらから解放され、自分の時間を自分のために使えるようにやっとなったのだ。

もう医者を辞めるときになって、医学を学ぶ快感は、何なのだろう。


Ｓセンターでは、いろいろな疾患の患者を診ることができ、カルテをゆっくり見て疾患の経過をたどることにより、教科書だけではできない勉強もできた。こんなに恵まれた生活をもう少し続けたいという気持ちはあった。しかし、いよいよ、自分の人生の終え方を考えなければならない時期になっていることも感じていた。

信夫は六十三歳で定年退職し、定年後には仕事を引き受けずに、家で読書などしてのんびり過ごしていた。料理を楽しんでいる風で、夕食は毎日信夫が作り、手の込んだごちそうを作った。自転車を積み込めるワゴン車を買ったり、冬には、スキー場のパスを買ってスキーを楽しんでいた。直子が仕事を続けることを悪くは思っていないようだった。しかし、夫婦で楽しめる時期を逸してしまわぬうちに仕事を辞めようと直子は思った。信夫の血圧が高いことも初めてわかった。

いつも時間に追われていた直子には、やりたくてもできなかったことがいろいろあった。読みたい本、読み返したい本もあった。一日中ピアノを弾いていたい気持ちもあった。夫との旅行ももう少し楽しんでみたいなどと考えていると、そのための時間を作るには、医者を辞めるしかないと思うようになった。医者として仕事を続けるなら、錆《さ》び付かないようにしておかねばならない。不器用な直子は、エネルギーを医学に向けてしまえば、余分なことに向けるエネルギーを残せなかった。

直子は仕事を辞める決心をした。十分ではなかったが、自分の社会的役割は終えたことにしようと、気持ちに区切りをつけた。後は、自分が死ぬまでにしておきたかったこと（この執筆もその一つだ）をすることに、時間を使うことを許してもらおうと思った。

医者としての仕事のまとめは、「S県の脳性麻痺の疫学」についての、いくつかの論文にすることができた。Sセンターの患者の基礎データは、幸い、センターの若い医師に譲り渡すことができた。

そして六十八歳で、Sセンターの仕事も、それ以外に引き受けていた保健所の療育相談や、大学の非常勤の講義も、仕事はすっかり辞めることにした。

このときになって、また、身に余る仕事の話もあった。コホート研究（要因と疾患発生の関連を調べる観察的研究）の誘いや、大学や大学院などへの非常勤の依頼も受けた。魅力を感じはしたが、全てを辞退し、以後は自分の時間を仕事以外の楽しみのために使うことを選択したのだった。


S県内の保健所で行われる療育相談というものに、直子は長年関わってきた。乳児健診で保健師が気になった子どもを集めて保健所に呼んでおくので、その子たちや親御さんの相談に当たるのである。医療や訓練などが必要と思われる子どもはSセンターに来てもらい、療育につなげていく。

S県の北端のI町にあるI保健所には、十四、五年通った。月に一回、B湖に沿って南から北へと、湖畔に連なる山々の四季折々の変化を眺めながら通うのは楽しみでもあった。秋には山全体が真っ赤になる紅葉を楽しんだ。夏には、B湖にヨットが浮かぶのを気持ちよく眺めた。

最後の日、昼食を共にするため、直子は二人の保健師と季節限定のそば屋さんに行った。その辺りの田んぼの稲を刈った後に蕎麦《そば》を播き、そこで収穫した蕎麦を、冬のスキーシーズンだけ、スキー場入り口の脇の季節限定の店で食べさせるのである。店の壁面に青竹が新しく張り替えられていた。店先にいなり寿司（三個入りパック）が置いてあるのを持って来て、ざるそば一盛といなり寿司一個ずつを三人でおいしく食べた。

スキー場の駐車場へ回り、ロープウェイが上がるところを見た。便利になり、それまで民宿に宿泊していたスキー客が、大阪辺りからだと日帰りするようになったようだ。保健師のＦさんの家はその集落にあった。集落の八十パーセントはＦ姓である。Ｆさんはここで生まれ育ち、このそば屋さんでアルバイトをしたという。大学だけ県外に出たが、言葉も違って寂しくて家族の大切さを痛感したともいう。卒業後、Ｉ保健所の保健師（県職員）として採用され地元で活躍していた。

もう一人の保健師Ｎさんの家も、少し下りたところの集落にあった。その集落も三つくらいの姓で占められているという。古くからＩ町に住む人々は、このように濃い血縁関係の中で集落を作って暮らしてきたのだろう。もう少し下りたところには、新しい家が集まっているところがあった。定年退職後に田舎暮らしをしようとやって来た人たちの住んでいるところだ。その中にハイカラなケーキ屋さんが一軒あった。Nさんはそこでケーキを買って来た。

「時間が許せば、ここでコーヒーも飲めるのですけど」

と残念そうに言った。都会風のケーキ屋さんに、はるばる車でケーキを買いに行く人々が、直子には愛おしく思われた。

途中、座禅草が群生する湿地があり、立ち寄った。見物客のために竹を少し切り倒したため、その年は沢山出たようで、まさに群生していた。見物客も二、三十人はいただろうか。写真に撮る人、スケッチする人……。自分たちも携帯の中に写真を収めた。

I町の小児科医院の場所や、I町が作った運動公園も案内してもらった。室内ゲートボール、サッカーなどいろいろなスポーツができるようになっていて、あちこちの学校がスポーツ合宿に使うということだった。I町の現在の様子を案内してもらい、過疎化する町の工夫を興味深く眺めた。

近辺の郡立病院からは産科がなくなっていた。医師が引きあげ、次に来る医師がいないからだ。遠くの病院まで行かなければならなくなり、しばらく妊娠もできないと言っていた。過疎化の悩みを知り、直子は自分が辞めるに当たってそのことは考えなかったことを思った。

幸い直子の後任は決まった。しかし、去る人に対する寂しい思い、寂しい眼差しを感じずにはいられなかった。地元の保健師さんの心からの案内はうれしかった。

Ｉ町は、直子にとって親しみを感じる土地となった。仕事を離れてもまた訪ねようと思った。

直子は、短大に在職中、頼まれて他大学や医療関係の専門学校の非常勤の講義も何カ所か引き受けた。

退職の年にも、京都のＢ大学の、「医学一般」という科目を引き受けていた。週一回、九十分の授業だった。教科書はなしで、自分が大事と思うことを、一週間かけて準備し臨んでいた。

学生による授業評価も受けた。「説明がわかりやすい」「視聴覚教材が適当だった（スライドをいろいろ準備した）」「講師の熱意が感じられた」というところへのチェックが目についた。最後に教壇のところまで来て「ありがとうございました」と礼を言う学生もいた。このような学生には、何人かでもよい、自分の講義が心に響いてくれたことと期待し、ここでも学生を教える喜びを感じることができた。準備は大変ではあったが、自分にとっても引き受けてよかったという気持ちで、終えることができた。

毎週、午前中に授業を終えると、京都の神社仏閣どこかを一カ所ずつ訪ねた。学生時代に一度は訪れたところがほとんどだったが、四十年ぶりに訪れ、懐かしい思いに浸った。

晩年によい仕事に恵まれたと感謝して過ごしていた。どれも辞めたい仕事ではなかった。ただ、どうしても時間を作りたくて、全てを辞めることにした。

実は、全ての仕事を辞めた後に、直子にとって、本当の人生の黄金期が待っていたのだった。

あとがき

仕事を辞めてからは、人生にこんなに結構な時期があったのかという気持ちで日々過ごしている。やりたくても時間がなくてできなかったことができていくだけでなく、思ってもいなかった楽しみも加わってくる。続けている趣味には妙味が見えてくる。

まずは、地球の歴史、人類の歴史、日本の歴史を学んでいくことにより、自分の今いる位置を確認できて気持ちが落ち着いた。

自然の移ろいを敏感に感じるようになり、日本の風土に生きる喜びを今までより強く感じるようになった。そのときそのときに出会うことを、しっかり味わって生きるようになった。

忙しくて、人生を素通りしてしまった部分を、もう一度生き直すような気分で、古い映画を見たり、話題になっていても読めなかった本を読んでみたりもする。人から贈られたまま積んであったものを、味わい読むこともできた。

目にする木々や草花は、山渓ハンディ図鑑などで調べ、名前や特徴を知り、自然を眺める楽しみが一層強くなった。


人生を振り返る時間もある。

いつ人生が中断されるかしれないと思って生きてきた私が、老いを感じる時期まで生きることができた。今や中断ではなく、生き終える時期が近づいているのだ。

三十代であんなにも焦って晩年の生き方を知ろうとしたが、今は晩年を生きている人たちの思いや、死の迎え方についての考えを知る機会もある。西行の最期や、山折哲雄氏の涅槃《ねはん》願望についても知ることができた。

後期高齢者と呼ばれるようになった直後に狭心症が生じ、また、房室ブロックがわかり、心臓ペースメーカーを入れた。年齢相応の医療は受けながらも、何とか無事に生きている。健康が許せば、退職後の生活を少し書き足したい気持ちにもなっている。退職後の充実した生活が加わったことで、苦しいことも多かった自分の人生の埋め合わせができたような気がするからである。

自分の人生は、思いもかけない経路をたどってしまった。苦しいとも思った自分の人生を記すことで、これからの女性に少しでも参考にしていただけるなら、望外の幸せである。そして、障害児を抱えるお母さん方の気持ちに思いを寄せていただけることを願って、訓練室での経験も記した。

人はせいぜい百年の人生をこの世で送るのだが、その様相は、長い人間の歴史のどの時代を生きるかにより、全く異なったものであろう。

私は一九三九年（昭和十四年）に生まれた。ヨーロッパで第二次世界大戦が始まった年である。その二年後には太平洋戦争が勃発《ぼっぱつ》した。終戦の一九四五年には六歳になったばかりで、終戦の翌年就学、戦後の民主的教育を受けることになった。学校が軍需工場と化した時期の学校を経験することはなかった。戦前戦中期の教育をうけた世代の人たちとの経験の差は甚だ大きい。

九十歳を過ぎてなお立派に見識を持って生きておられる歌人馬場あき子さん（十歳年上）、二十歳年上の画家堀文子《ふみこ》さん（二〇一九年二月五日に逝去）の人生を最近映像で見る機会があった。少し早い時代を経験された方のことを思えば、自分は自分の生きた時代をどう生きたかでしかないと思わざるを得ない。

特に私の年齢の者は、戦後の民主的な教育を受けたのではあるが、日本の伝統文化については学ぶ機会に恵まれなかった。その時代、日本は急速に変わり、日本の人々の生活は大きく変わった。学年が一年ずれるだけでも、その頃の日本の子どもたちが受けた教育の内容や経験が大変違っていたことを、退職後に強く感じた。私の場合は、退職後に日本の国、その風土や伝統文化の素晴らしさを再認識し、それから日本のことを学び始めた。そして、それまでの自分が専ら西洋文化のみの影響を受けて生きてきてしまっていることに驚いたのであった。

一九四六年、私の就学時には日本中の一般市民は貧しくて食べていくのがやっとだった。小学校ではユニセフから届けられたコッペパンと脱脂粉乳で栄養を付けていった。そして戦後の民主的な教育を受け、日本が急速に復興・発展する時代に成長した。大学を卒業したのは昭和三十九年（一九六四年）、日本が高度成長を遂げた東京オリンピックの年である。皆があくせく勤勉に働き、日本は物質的には豊かとなった。安定成長期は続き、よき時代になったと思う一方、有り余る物を捨てるのが美徳のような錯覚に戸惑う日々もあった。

その後、世の中には大きな出来事が色々起こった。一九八九年（五十一歳）冷戦終結、一九九五年（五十六歳）阪神淡路大震災、オウム真理教事件、二〇〇一年（六十三歳）米国同時多発テロ、二〇一〇年（七十三歳）東日本大震災。人生観がひっくり返るような経験をしていくことになった。

時代が大きく変わっていく中、人々の生活も、女性の生き方も大きく変わった。自分が生きた時代に、女性として、また小児科医として経験した事柄のうち、自分一人にとどめず、語っておきたいこともあり、時間ができたら筆を執りたいと思っていた。八十歳を間近に控え、今書いてしまわねばという気持ちになり、この時代を生きた一人の女性の半生を、フィクションとして著してみたものである。

まずは、生きているうちに書ければと思っていた現役時代（六十八歳まで）を書き終え、ほっとしている。

追い立てられるようにして走り回った現役時代の後、それを埋め合わせるように豊かな晩年を過ごすことができている。ここに記した現役時代を前篇とし、退職後の生活をも後篇として綴ることができれば、昭和・平成を生きた「女の一生」を描くことができるのではないか。健康が許せば、後篇をなるべく簡潔に綴っていきたい。

二〇一九年（令和元年）九月

野原すみれ

おきな草《ぐさ》の詩《うた》　小児科医として

2019年10月25日　発行

著　者　野原 すみれ
発行者　伊藤 由彦
発行所　株式会社 梅田出版
〒530-0003　大阪市北区堂島2-1-27
電話 06-4796-8611
編集・制作　朝日カルチャーセンター
〒530-0005　大阪市北区中之島2-3-18
中之島フェスティバルタワー18階
電話 06-6222-5023　Fax 06-6222-5221
https://www.asahiculture.jp/nakanoshima
印刷所　尼崎印刷株式会社

ISBN 978-4-905399-59-9

本書は、書き下ろしです。